暢銷小說《地獄列車》系列作者——
最新奇異の物語！
夜犬
暗夜長嗥，
奪命的腳步聲悄悄靠近……
Nocturnal Dogs
人類任意馴養與丟棄寵物，
終於惹來大自然的瘋狂反噬。
這一次，
人類最忠誠的夥伴，
卻成爲最可怕的殺手。
今晚，
死亡，
將會成爲響徹城市角落的命運交響曲……

這故事，獻給全世界所有的狗狗。
謝謝你們，還是相信人類。

自序

犬，象形字，外形似躺下的狗，而右上那一點則是尾巴的蛻變。中國古文中的劃分，幼犬曰「狗」，成犬為「犬」，而四尺以上的大狗，則尊稱為「獒」。

犬，第一次出現在人類的考古遺跡中，是在丹麥中石器山中洞窟墓穴裡，距今是一萬五千年的荒漠年代。而翻開古今中外的文獻記錄，從古印度守護陵墓的犬頭人身「阿努比斯」，到中國周朝專司犬類管理的「狗監」，都在在顯示犬在人類的歷史，扮演一個忠實的陪伴者，走過數萬年的歲月。

而為什麼人類會對犬類如此情有獨鍾呢？根據犬的結構與血統分析，牠的祖先是荒野之狼，掠食動物，四肢結構讓牠擁有迅猛的攻擊速度，耳朵對低頻的聲音敏銳感應能輔助牠們對聲音來源的快速定位，兩億兩千萬個嗅覺細胞更是人類的數十倍，這些特質都是為了在野地中獵取食物並取得生存優勢，而這些特質，也都恰巧是五官遲鈍的人類所缺乏的。

為此，人類高度發達的大腦與犬的野性五官結合，讓人類的文明得以在荒野中矗立而發展，而人類能不被大自然淘汰，犬，可以說是功不可沒。

可是，過了漫長的數萬年，人類與犬的關係似乎正在悄悄的改變。當人類建築了城市，野獸不像以往能輕易攻擊人類，而以往扮演人類守護者的犬，開始被遺忘，牠們流浪於城市的角落與邊緣，在鄙視的眼神和骯髒的廚餘中求生存。

但，牠們野獸的力量並沒有消失，獠牙並沒有遲鈍，獵食依然兇猛。

於是，《夜犬》這故事，就在人類城市的黑夜中，神祕而隆重的登場。

《夜犬》這故事，在我腦海醞釀的時間，超過了兩年，它從原始的灰色幽靈犬逐漸脫胎成現在這個模樣，為了這個故事我還特地請教過正在擔任獸醫的姊夫，翻過一本又一本的參考書，在腦海醞釀無數個夜晚後，終於在二○○七年的夏天誕生。

我相信，這絕對會是一本會顫動你心弦的書。

無論是書中犬的故事，或，人的故事。

Div

夜犬

CONTENTS | 目錄

楔子 chapter 夫妻

「雪，妳會不會覺得最近附近的野狗變多了？」一個男人正站在一棟公寓的窗戶旁，看著此刻台中的夜色。

「真的嗎？」一個女人，正確來說，是一名懷孕的女人，正溫柔的撫摸著自己微微隆起的肚皮。「我沒注意，不過說到狗，最近月好像比較焦躁欸。」

「月比較焦躁，牠怎麼了？」男人轉頭問。

「牠最近比較常叫，而且還有幾次在門口，齜牙咧嘴，好像在警戒著什麼。」雪說。「月是一隻很通人性的狗，牠會焦躁，應該有什麼原因吧。」

「不會是發情吧？」

「嘻嘻，你就只想到發情，不過，時間不對啊。」雪搖頭。

「那妳覺得究竟是為了什麼呢？」

「會不會是月感受到我們的小寶貝要出生了，所以提高警覺呢？」雪說。「牠是想保護小孩？」

「是嗎？」男人笑了出來，「如果真是這樣，那月算是一隻靈犬萊西囉。」

「搞不好真的是靈犬，月很特別的，你記得上次去公園的時候嗎？」雪轉頭看向窗外，臉上盡是回想的表情。

「嗯……月每次去公園，不都是懶懶得趴著睡覺嗎？」男人困惑的說。

「才不是！我記得有一次，整個公園都是狗，有的是流浪狗，有的是家犬，玩著玩著，竟然就起了衝突，將近二十隻狗在草地上互咬互撞，情勢一片混亂，由於附近很多小孩，所以情況還蠻危險的。」雪慢慢的說著，「但是，這時候原本趴睡的月，忽然把頭抬了起來，低低的吠了一聲……」

「喔？」

「然後所有的狗，竟然都在這一剎那，同時停止了追逐，同時看向月，只剩下一片死寂般的靜默。」

「啊？」男人眼中，盡是詫異神色。

「不只如此呢，體型中等的狗都夾著尾巴遁走，體型較小的狗，甚至當場拉起尿來……」

雪張開雙手，說得是活靈活現，惹得男人忍不住笑了出來。

「哈哈，妳說得太誇張了啦。」男人哈哈大笑。「妳不只把月當靈犬，甚至把牠當成神犬了。」

「嗯，這是真的，我沒誇大啦。」雪像是孩子似的，哼了一聲。

這時，男人又把眼睛瞄向窗外，「但是，話說回來，最近城市裡面的野狗，好像變多了，這和月的焦躁有關嗎？」

「嗯？我猜沒有吧。」雪看著窗外，「是不是棄犬變多了？前陣子那部電影《再見了，可魯》，讓台灣人領養太多的狗了，養一陣膩了之後又丟掉，那些狗真的好可憐。」

「棄狗增多，很有可能喔，但是很令我好奇的是，以生物學的邏輯來推論，任何一種生物的增殖，都必須受到環境中食物數量的限制，但是野狗明明增加，人類丟棄的食物卻沒有增加啊。」

「嗯？人類丟棄的食物沒有增加？你究竟想說什麼？」

「沒啦，我只是突然想到……」男人搔了搔自己的頭髮，「這些野狗數量增加，難道是找到了最新的食物來源嗎？」

「咦？食物來源？」雪皺起眉頭，摸了摸自己的肚子。「你說得有點恐怖欸，真討厭。」

「啊啊，對不起，我只是胡思亂想而已啦。」男人見到雪皺起眉頭，急忙關上窗戶，溫柔的走過來抱住了雪。

「哼，嚇我，我要跟肚子裡面的小孩說！」雪嘟嘴，假裝生氣。

「哈哈，對不起，爸爸賠個不是。」男人抱著雪，嘻皮笑臉的道歉著。

不過，正享受著彼此溫暖的兩人，此刻卻都沒有發現，電視上，一則不被重視的新聞報導正被播報著。

僅是短短的一分鐘，採訪的人是幾個穿著簡單的社工人員。

「根據台中區社會局的最新統計，最近三個月以來，流浪老人的數量正在減少，原因不明：

夜犬

……」

□

夜犬，這是一個屬於流浪狗的故事。

由於人類不懂得尊重生命，浮濫認養寵物，又不珍惜胡亂丟棄，使得流浪狗的數目與日俱增。

如果人類還不知道反省，也許有一天，這故事就會真的上演。

一場流浪犬反撲的故事。

chapter 01 三件案子

台中市警察北屯區分局。

一個男人正坐在桌子前，瞪著眼前三張攤開的民眾報案三聯單，不斷的嘆氣。

他身材高大，略微繃緊的警裝，掩蓋不住他苦練多時的健壯體魄。不過就算身材壯碩，此刻他煩惱的樣子，只會讓人聯想到蹲在路旁幾天沒吃飯的大狗。

他的名字叫做阿山，剛從警校畢業一年半，在漫長的員警生涯中，算是一隻翅膀沒長硬的菜鳥而已。

「唉。」阿山又嘆了一口氣。

「幹嘛一直嘆氣啊，阿山，朝老大給你的案子又搞砸了？」阿山的背後，傳來一個清脆悅耳的女音。

阿山沒有回頭，只是猛搖頭。「鈴學姊，沒有啦，我嘆氣不是因為搞砸了朝老大給的案子啦，而是……朝老大竟然叫我接這三件案子。」

「喔？哪三件案子？」鈴學姊身高約莫一百五十五公分，嬌小玲瓏，頭髮俐落綁成馬尾，若是脫下這身警服，完全無法想像她是資歷五年，戰功彪炳的一級刑警。

而朝老大，全名王朝天，就是阿山和鈴學姊的隊長，年資超過二十年，經歷無數風浪，辦過多少震動社會的大案，不但在警界受敬重，就算是黑道，也尊稱他一聲「朝老」。

「學姊妳看，就是這三件案子啊。」阿山比了比自己眼前的那三張紙。

鈴學姊拿起那幾張紙一看，隨即，噗哧一聲笑了出來。

「鈴學姊，妳幹嘛笑啦。」阿山大嚷道。

「哈哈，這三件案子好啊，可以敦親睦鄰，探訪鄉里，這是我們身為警察的基本責任，嘻嘻。」鈴學姊把那三張紙，啪一聲打在阿山的頭上。

「哪有！」阿山嚷著，「學姊，妳看看這三件案子，竟然是……竟然是……」

「幫人找狗，找流浪漢，哈哈，還有去處理便利商店鬧鬼。」鈴學姊一說到這裡，忍不住又笑了起來。「哈哈哈哈，好有趣啊，哈哈。」

「學姊！」阿山又嘆氣。「想我當年從警校畢業，雖然戰術課差點當掉，但是自由搏擊是全省冠軍欸，更是懷著遠大的志願來刑警部，怎麼會淪落到替人找狗啊……」

「你啊，誰叫你上次把那個案子搞砸了，你不知道那個綁架案犯人，朝老大跟了多久？媒體盯得多緊？就這樣被你打草驚蛇了。」鈴學姊用指尖釘了阿山一下，「不過，我必須提醒你，你的觀念不對喔。」

「嗯？觀念不對？」

「我們警察啊，原本就是為了保護民眾而誕生的，就算是三個小案子，也要盡心盡力完成。」

鈴學姊表情不再嬉鬧。「其實這也是一個很好的訓練，懂嗎？」

「嗯。」阿山低下頭。

「你懂了之後，就要好好的把這幾個案子辦好。」鈴學姊一笑，「等到你辦好了，朝老大也許又會龍心大悅，把你調回一線也不一定哩。」

「嗯。」

「別好高騖遠。」鈴學姊走到門口，比了比自己的眼睛，「要觀察，不要放過每一個細節。」

「是。」阿山受到激勵，用力跳起，右手舉高做出敬禮的姿勢。「謝謝學姊的教誨！」

「嘻嘻，還耍嘴皮子哩。」鈴學姊從門邊停下，像是想到什麼似的，突然止步。「對了，還有……」

「還有？」

「要相信自己的判斷。」鈴學姊轉過半邊臉，透白的晨光下，她柔和的五官卻顯得表情堅毅。

「沒有人比在現場出生入死的你，更了解狀況。所以要相信自己的判斷。」

「嗯……好難懂喔。」阿山困惑的搖頭。

「沒事，只是一個感慨罷了。」鈴學姊一笑，揮揮手，瀟灑的窈窕身影就這樣消失在門後了。

下午，阿山無奈的騎上自己的一二五機車，帶著報案資料，來到第一個案子的民眾家中。
第一件案子報案的內容，正是「走失一隻狗」。
當阿山按了電鈴，鐵門打開，是一張雙眼哭紅的女孩臉龐。
「請問，妳就是報案要找狗的女孩……」阿山低頭看了一下資料。「……陳姍姍嗎？」
「我就是。」她的聲音帶著哆勁，她急忙拉開鐵門。「警察先生您好，沒想到，您真的來了。」
「為民服務，是警察的天職啊。」阿山脫下鞋子，把自己的皮鞋放在另一雙男性運動鞋旁邊。
「警察先生，請進。」
然後，阿山壯碩的身軀穿過矮小的門扉，走入了姍姍的家中。
一進門，首先映入眼簾的，就是姍姍放在門邊的那個狗籠，狗籠中放著一個紅色的狗項圈。
果然是個養狗的女孩。
「嗯。」阿山在沙發坐定之後，拿起筆記本和自動鉛筆，按了兩下。「陳姍姍小姐，請您把當天狗走失的事情，詳細的跟我說明好嗎？」
「嗯。」陳姍姍坐下，哭過的聲音，細若蚊鳴。「那天晚上，我帶著妹妹去台中公園散步……」
「妹妹？」
「『妹妹』是我狗的名字，牠是一隻中型的柴犬。」
「我懂了，請繼續。」

「我牽著牠走過公園中的湖心亭，然後在孔子像的附近停下，然後，我放著牠自由跑動，而我則是坐在一旁的長椅上，想著最近和男朋友的事情……」姍姍眼睛紅紅的，帶著鼻音的語調，說起了這個故事。

而一旁的阿山，只是懶散的用自動鉛筆，記下幾個重點。

「那時，妹妹先是在我腳邊玩著，一會撲到草地的另一頭，一會對遠方森林吠上幾聲，可是，就在這時候，我看到了妹妹的異狀……」

「嗯。」

「牠忽然昂起頭，耳朵不斷顫動，彷彿聽到了什麼不對勁的聲音。」姍姍摀住嘴巴，「我永遠記得妹妹當時的動作和表情，牠身體壓低，頸部的毛豎起，就像是……像是……」

「像是？」阿山的自動鉛筆停了，抬頭看著眼前的女孩。

「像是……如臨大敵。」

「如臨，大敵？」阿山皺起眉頭。

阿山知道，狗的聽力敏銳度是人的數萬倍，對狗來說，人類的耳朵就像是聾子一樣。

難道，『妹妹』真的聽到了什麼不該聽的東西嗎？

「是的，妹妹身體伏低，齜牙咧嘴，嘴裡發出連我都會害怕的低吟聲，對著孔子銅像後頭的樹林，不斷低吼著。」

「喔？」阿山又按了一下自己手上的自動鉛筆，沉思，這妹妹消失的經歷，倒是挺特別的嘛。

「終於，妹妹身體越來越繃緊，最後一躍而起，就衝向了樹林之中。從此之後，我就再也沒見過牠了。」姍姍低下頭，說到這裡，眼睛又紅了。

「妳沒有跟去樹林裡面一探究竟？」

「我……我不敢。」姍姍說到這裡，哇一聲哭了出來。「因為我好怕，我只能拼命在外頭喊，可是妹妹始終沒有出來，牠就這樣不見了，不見了……」

「嗯。」阿山看著剛剛寫下的筆錄資料，嘆氣，抽起一張衛生紙給女孩。「姍姍小姐，如果妳不介意，我可以問妳幾個問題嗎？」

「嗚，嗚……警察先生，請說。」

「第一個問題，請問妳大約是晚上幾點去遛狗的？」

「嗯，大概是十一點左右。」

「晚上十一點？」阿山看著姍姍，這個年紀約莫二十出頭的年輕女孩，她會單獨一人帶著狗，到四下無人的公園中嗎？

「那一天，我、我比較晚下班……所以……」姍姍迴避了阿山咄咄逼人的眼神。「而且……刑警我不怕您知道，我在夜店上班，這幾年來，我沒有親人和朋友，只有妹妹陪著我……」

「無論妳是什麼職業，我都尊重。」阿山揮了揮手。「第二個問題，那天妳是一個人去公園的嗎？」

「啊，這問題，和找狗有什麼關係嗎？」面對阿山的問題，姍姍身體微微往後退了一點。

「我認定有關係，請配合我們刑警辦案。」阿山語氣堅定。

「不是一個人，是和我男朋友。」

「嗯，所以妳有男朋友。」阿山面無表情，按了幾下自動鉛筆。「但是，妳剛說，妳這些年都是一個人和狗相依為命。」

「男朋友……是最近在店裡面認識的，他雖然有點花心，但是很疼我，我也很喜歡他，雖然……」姍姍的身體，又往沙發縮了一點。

男朋友？

阿山想起了門外的那雙男性運動鞋，不用猜也知道這雙鞋的主人是誰，不過男性運動鞋還能解釋，但是狗籠中裡頭的那個項圈……

那隻狗，為什麼出門，卻沒帶著項圈？

「雖然，妳男朋友不喜歡狗，是嗎？」

「啊？你怎麼知道！」

「還有，你們最近曾為某件事吵架，對吧？」阿山眼神銳利，看著姍姍。

「刑警先生……這問題……是什麼意思？」

「請實話實說，你們最近為了某件事常吵架，對吧？」

「是……是的。」

「為什麼？」

「不、不知道。」姍姍身體一顫，迴避阿山緊迫盯人的雙眼。

「什麼不知道？哈。」阿山冷笑，「因為妹妹，對吧？」

「啊啊啊啊，你、你怎麼知道？」姍姍整個人快要縮進了沙發之中。

「不如，我來整合一下吧。」阿山拿起手上的筆記本，「妳男朋友非常討厭狗，但是妳深愛著男朋友，於是兩個人選擇在某個深夜，把狗帶到公園裡面，最後，狗衝入了樹林，妳卻連進入樹林中都沒有……你們，真的是去遛狗而已嗎？還是其實是……」

「不！我們真的是遛狗，我們真的……」姍姍摀住了耳朵，眼淚再度湧出了眼眶。

「還有，最後一個重點。」阿山嘆氣，「妳說妳只是遛狗，竟然連項圈都沒有帶。」

「啊！項圈！」姍姍的眼神看向狗籠，那個妹妹專用的項圈，早被自己拆下，扔在籠子裡面。紅色的項圈，那曾經綁在妹妹脖子上，隨著妹妹每次跳躍，都會引起細碎鈴鐺聲的項圈。

如今，卻孤單的躺在狗籠中。

「妳拆掉了項圈，所以妳根本不是去遛狗的，姍姍小姐，妳不替狗戴項圈的目的，是避免人家發現了妹妹之後，會照著項圈找到妳，換句話說，妳……」阿山蓋上資料，嘆氣。「妳其實是要

『丟狗』的，對吧？」

「啊……啊……」

「姍姍小姐，我不管妳把狗丟棄心裡有多麼傷心，傷心到需要報警，但是我非常不齒妳這樣的行為，就算妹妹會成為妳和男朋友之間爭吵的來源，也不該將曾經陪伴妳這麼長時間的好友給丟棄。」阿山說完，神色冰冷的起身，往門外走去。

「警察先生，不要走，不要……」姍姍原本嗲聲變成了惶急的哭嚎，想要拉住阿山。

「很抱歉，我不能幫這樣一個始亂終棄的人。」阿山神色冷峻，拉開鐵門，就要離開。

「警察先生，不要，我是真的擔心妹妹，請你相信我，妹妹牠，牠真的……」姍姍邊說邊哭，追到了大門口。

「真的怎麼樣？」阿山動作不停，腳步已經步出了鐵門。

「真的，牠是聽到了聲音，然後衝到樹林的啊！」姍姍臉上淚痕交錯。「真的！你知道嗎，我現在每天晚上，還是會夢到牠最後的模樣，我養了牠整整五年，牠一直很乖巧溫馴，從來沒見牠變成那樣子，那樣兇狠而且可怕，牠一定聽到了什麼，一定看到了什麼！」

「是嗎？」

「我原本以為，把妹妹放回野地，就算可憐，牠也能夠適應，可是……每次我想到牠最後那副模樣，我就，我就……好害怕！」姍姍渾身輕微發抖。

「姍姍小姐。」阿山看著眼前這失魂落魄的女孩，她這一臉淚痕和驚恐，似乎不像是裝出來的。於是，阿山隔著鐵門，凝視著眼前的女孩。「我問妳最後一個問題，如果妹妹回來，妳還願意養牠嗎？」

「我……我……」姍姍猶豫了起來。「我……我不知道……」

「唉。」阿山嘆氣，穿鞋，轉身就要離開。

「警察先生，真的，我是真的擔心妹妹的安危，牠最後的模樣，牠……」姍姍抓著鐵門，哭嚎的說。「你不知道，牠衝進樹林之前，那樣子多……」

阿山沒有回頭，離開了這棟公寓。

雖然，阿山內心不免有些疑慮，這個名為姍姍的女孩，最後在鐵門內哭喊的模樣，實在不像是假的……

她，是真的在替狗狗擔心啊。

難道，那隻狗在衝入樹林前，表現真的那麼不對勁嗎？

那聲音又是什麼？能讓一隻平素乖巧聰明的柴犬，如同發瘋似的衝入樹林？

「唉。」阿山嘆氣，他告訴自己，這案子已經結束了。

現在最重要的，是好好把剩下的兩件案子解決，然後，他還要回到第一線戰場「綁架案」去偵辦呢。

chapter 02 查案

雪一個人慢慢走在巷子裡面，她身後五步的距離，是那隻慵懶的大狗，月。

看月散步的姿態，實在不像是一隻被人類馴養的狗，牠不像其他的家犬，總是緊緊跟隨著主人，更不會輕浮到見到風吹草動，就興奮的蹦蹦跳跳。

牠走得慵懶而霸氣，像是狗中的大將。

步伐雖慢，移動起來卻相當迅捷。

體態雖壯，腳掌落地，卻是意外輕盈。

而牠雖然名為「月」，事實上卻是一身滾滾的黑毛，壯似雄獅，威武而樸素，唯一能稱作白色的地方，只有胸口那抹如同上弦月的白毛。

就是因為這弧如月的白毛，牠才擁有月這個名字。

三年前。

第一次，牠遇到了雪這個女人。

那天，是台中罕見的傾盆大雨，新婚的雪，才一推開門，就看見了這隻被大雨淋得又冷又溼的龐然大物，正無力的趴在地上。

「喂！親愛的！」雪看到月，發出著急的大叫，「快來看，有狗，有狗跑到我們家外頭了。」

「什麼？」屋子裡面，傳來男主人模糊且還沒睡醒的聲音。「難得假日又下雨，讓我好好睡一覺嘛。」

「喂！睡豬！別睡了，睡豬！」雪回頭喊了幾聲，發現屋子裡面已經沒有回應，男人又回到了夢鄉，雪只能回頭嘆氣，看著眼前這隻大傢伙。

「好可憐的狗，你好大隻喔，你餓了嗎？」雪蹲下身子，試探的伸出手，摸了摸月那溼透的黑毛。「哇，你身上有好大的傷口，被其他狗咬的嗎？」

月沒有回應，正確來說，牠不知道怎麼回應。

從小生長在野外的牠，不習慣和人類互動，牠此刻唯一能做的，就是用心感受著，那隻正在撫摸自己長毛的小手。

好溫暖，好柔細，好舒服，原來，這就是人類女人的手啊？

「你一定餓了吧，雨這麼大，又受傷。」雪起身，穿著拖鞋蹬蹬往屋子裡面跑去。

月抬起頭，正困惑著女人為什麼要把那隻舒服的手給拿開，這時……

空氣，飄來一陣讓飢餓的月，整個身體震動的香氣。

排骨湯。

雪雙手小心翼翼的捧了一碗排骨湯出來。

「狗狗。」雪蹲下身子，把那大碗排骨湯放在月的前面，「儘量吃，這是我家那男人的午餐，但是別管他，他是睡豬，嘻嘻。」

月嗅了嗅那碗熱湯，又抬起頭看著眼前這個陌生的人類女孩。

她，好像和牠遇過的人類都不一樣，她和山裡面那些兇惡的匪徒，以及弱小的老人，都不一樣。

「快吃，快吃。」雪雙手捧著臉，露出小女孩似的笑容。「從小爸爸就不准我養狗，這是我第一次這麼近看狗狗欸。」

月看著雪，依舊遲疑著，這人類女人到底哪裡不一樣呢？

「吃啦。」雪像是女孩第一次碰到小狗，鼓起勇氣的伸出手，摸了摸月巨大而堅硬的頭顱。

「狗狗乖乖。」

忽然，月明白了。

牠長長吐出了一口氣，然後把牠的臉，埋進那裝著排骨湯的大碗中，唏哩呼嚕的啃起排骨來。

月明白了，這女人哪裡不一樣了。

是氣味。

那是溫暖的氣味，那是月從小流浪在危機四伏的山區，經歷無數驚心動魄混戰而長大的過程中，從未聞過的溫暖味道。

這就是人類的氣味，一種雖然脆弱無助，卻又令牠莫名安心的力量。

原來，牠一直在等待，等著這樣的氣味出現。

這是月的宿命，只為了等待一個值得牠去守護的人類。

月一直沒有忘記那天的味道。揉合了大雨的溼氣、排骨湯的燉香，還有一個人類女人的氣味。

當月吃完了這碗排骨湯，牠舒服的躺下，在雪的面前牠安心的睡著了。

入夢之前，牠聽到這人類女孩，用牠聽不懂的話說著……

「狗狗，你胸口有道好漂亮的白毛欸，哇，就好像月亮一樣，啊我決定了！」女孩笑著說，

「月！你就叫做月吧！」

月，你就叫做月吧。

□

第二個報案人的地址，相當的奇怪。

當阿山停下摩托車，仰起頭，看著眼前這個古樸而高大的建築物。

「市立圖書館啊。」阿山摸了摸頭，穿過迎面而來嘻嘻哈哈的讀書民眾們，臉露苦笑。「這次，又會遇到什麼樣的怪人呢？」

阿山穿過了人群，小心翼翼的繞到了圖書館櫃台後面，輕聲問道：

「請問，小七小姐在嗎？」

這時，櫃台後面的書堆中，一個綁著馬尾，穿著白色T恤的女孩，她聽到了阿山的聲音，轉過頭。

不過，她的眼神有些詫異，看著阿山，似乎發起呆來。

「請問，小七小姐在嗎？」阿山忍不住又問了一次。

「啊？」女孩才像是大夢初醒，「我、我就是小七。」

「果然要在圖書館才能找到妳。」當阿山看清楚了這女孩的樣子，倒是讓阿山也跟著嚇了一跳。

好像啊……

約莫一百五十五公分的窈窕身材，靈活的大眼睛，小巧的鼻子，好像，好像鈴學姊啊。

「您是？」小七定了定神，問道。

「我是警察。」阿山急忙從驚訝中抽離，掏出證件。

「喔？您是來查案的嗎？」見到警察證件，小七笑顏展露。

「是啊。」阿山點頭。

「沒錯，是我報的案。」小七看著警察，原本的笑容慢慢被擔憂取代，「因為周伯伯……」

「周伯伯？妳說的就是那位流浪人口吧？」阿山拿出自動鉛筆和筆記本，做出一個邀請的動作，「如果有空，不介意我們找一個地方坐坐吧。」

「好。」小七點頭，一低頭，從櫃台抽屜中，拿出了一台數位相機。

「咦？為什麼要拿相機？」

「相機裡面有照片。」小七的大眼睛中閃爍著憂心，「就是這些照片，才讓我懷疑周伯伯的消失，絕對不單純。」

□

三分鐘後，阿山和小七坐在圖書館外頭的咖啡館。

「周伯伯雖然是流浪漢，但是不是那種很髒很沒水準的流浪漢，他的表達能力比較差，但是非常有禮貌，我想，他可能是心理有些疾病，就像是一本書《當天使以黑衣出現》裡面所描繪的，精神分裂。」小七一邊攪著手邊的咖啡，滔滔不絕的說著。

「嗯。」阿山按出自動鉛筆的筆心，仔細聆聽著。

「周伯伯每天早上都等圖書館開門，進來之後第一件事就是看報紙，一看就是半天，他每版報紙都看，鉅細靡遺，對每個大小新聞如數家珍，因為我每天都見到周伯伯，所以會和他閒聊幾句。」小七說著說著，又強調了一次，「周伯伯其實不像是流浪漢，他很有氣質。」

「嗯。」

「可是，就一個禮拜前，周伯伯……忽然就不來了。」小七說到這裡，表情黯然。「我好擔心，所以我就報警了。」

「嗯。」阿山打斷小七，「這位周……周先生，會不會因為被家人帶回去了?或者是，我曾經聽過流浪漢有遷徙的特性，所以他離開這座都市，到了其他地方去了?」

「我也曾經這樣想過……」小七加快攪拌咖啡的速度，甚至有幾滴已經潑灑出來。「但，就在周伯伯消失的前三天，發生了一件怪事!」

「什麼怪事?」

「他，」小七的臉猛然往前靠近，清秀的臉龐上，盡是不可思議的恐懼。「被攻擊了。」

「啊?被攻擊?」

「我記得那天早上，當我一開圖書館的門，就看到周伯伯踉踉蹌蹌的走進來，他的樣子看起來好可怕，因為他身上的衣服破爛，變成一條一條吊在身上，而手臂和身體上都是傷痕，交錯縱橫，觸目驚心……」

「傷痕？」阿山皺眉，手按了幾下自動鉛筆，快速寫下紀錄。

「而且，周伯伯嘴裡喃喃唸著我聽不懂的話……」小七滿臉驚恐，手上的轉速又快了幾分，咖啡又濺出了一滴……

「什麼話？」

「『他們！他們怎麼回事啊！竟然會攻擊人類？』周伯伯聲音顫抖，『他們不該攻擊人類啊，他們應該不敢啊！』」

「咦？他們是誰？什麼攻擊人類？」阿山皺眉問道。

「不知道。」小七搖頭，馬尾輕輕甩動。「我後來不管怎麼追問，周伯伯都不說了，只是不斷發抖。」

「嗯。」阿山閉上眼睛，捕捉從剛才聽到現在的線索，試圖將一條一條線索橫縱排好，然後織成一幕完整的答案。

「而三天後，周伯伯就不見了。」小七臉上滿是憂心，這樣的表情，實在不應該出現在這年輕可愛的女孩臉上。「我好擔心，我好擔心，我怕他真的發生了什麼事。」

「小七，」阿山睜開眼睛，「我想要問妳幾個問題。」

「請說。」

「妳說，周先生是精神分裂症嗎？」

「類似的病症吧，總之是心理疾病。」小七點頭。

「妳知道，心理疾病的患者，會在腦海中虛擬一些事物，然後把這些虛擬當成了真實，有部電影叫做《美麗境界》，電影裡面的數學家虛擬了一個小孩，一生為此而苦，從此虛實不分，事實上，很多人就是因為患了類似的精神疾病，無法適應家庭社會，最後成為了流浪漢。」阿山看著小七，目光炯炯。「小七，我說到這裡，妳懂我意思嗎？」

「我懂。」小七點頭。「你的意思是說，周伯伯自己創造出了『他們』這些怪物，而他們攻擊了周伯伯？」

「沒錯，我就是這個意思。」

「但是，這些傷痕，你要怎麼解釋？」

「傷痕可以自己創造的。」阿山語氣沒有絲毫動搖。「也許周先生在不自覺的情況下，自己製造了那些傷口，畢竟這也是精神疾病的特徵之一。」

「嗯。」小七停止攪動了咖啡，把手伸進了口袋中掏摸。「警察先生，其實我早就料到你會有這樣的疑問，所以……」

「所以？」

「所以，」小七的手從口袋中拿出，纖細的掌心中，有著一台黑色的方形物體。「我要給您看一樣東西。」

終於，阿山看清了小七手中的黑色物體。「數位相機？」

「沒錯。」小七抬起頭，無懼的凝視著阿山的目光，「這裡面，有周伯伯受傷那天的照片，等你看過這些照片，再下結論吧。」

「好。」阿山接過相機，按下照片選單。

一剎那。

只是短短的一剎那，當阿山看見那些照片，他腦海嗡然一聲，他自認毫無破綻的推論，就這樣完全的粉碎崩潰。

這傷口……

天啊，這傷口……

「天啊，這是什麼傷口啊！」阿山張開嘴，嚴謹的目光出現罕見的慌亂。「這根本不可能是人類能製造出來的啊。」

「嗯。」小七點頭，「就是這傷口，我才認為，周伯伯口中的怪物，可能……是真的。」

阿山並沒有仔細聽小七後面的話，因為他全部的心神，都集中在這些照片上。
傷口是由一排小洞組成，洞由大而小，剛好排成一個馬蹄形。
小洞中盈滿鮮血，沾溼了破碎的衣服，可見當時這位流浪漢失血量如何驚人。
「這是野獸的咬傷。」阿山倒吸了一口涼氣。「妳看，這個馬蹄形，剛好是一隻野獸的下顎形狀，毋庸置疑，這是野獸的利齒咬出來的。」
「警察先生，我也這樣想，但是……」小七看著阿山。「我們的都市裡面，有這樣大隻的野獸嗎？」
「……我想，沒有吧。」阿山苦笑，「除非動物園裡頭的獅子老虎跑出來了。」
「如果真的沒有這樣的動物，那……周伯伯在當時究竟遇到了什麼？」
「嗯……」阿山沉思，搖頭。「我不知道。」
「警察先生。」忽然，小七把頭一低，額頭向著桌子對阿山用力磕了下去。
「啊？妳，妳幹什麼？又不是日本人，幹嘛對我鞠躬？」阿山慌了手腳，伸手想要阻止小七。
「警察先生，我知道你是好人，我更知道周伯伯不是壞人，可以請你幫這個忙，把他找出來嗎？或者說，請你告訴我，他依然平安。」小七的臉依然對著桌面，聲音已然哽咽。「我從小爸爸就去外國工作，我和奶奶相依為命，所以我很喜歡老人家，老人真的很可愛，所以……我真的很擔心周伯伯。」

說著說著，晶瑩的眼淚，就這樣隨著小七低下的頭，一滴一滴落在她始終未喝的咖啡杯中。

「幫助民眾，這是警察的天職。」阿山急忙說道。「別這樣。」

「你保證？」小七聲音仍然哽咽。

「我保證。」阿山說完，忽然伸出手，拿起小七始終沒喝，卻已經被眼淚浸過的咖啡。

然後，阿山一笑，舉起咖啡杯。「我保證，一定找到他。」

「啊？」小七仰起頭，詫異的看著自己的咖啡杯。

「以妳的眼淚為約定。」說完，阿山一口喝盡這杯咖啡。

小七見狀，淚眼矇矓的看著阿山，嘴角慢慢揚起，「如果你違背約定呢？」

「喝完這杯怪鹹的咖啡，」阿山嘻嘻一笑，「我就會拉肚子。」

「哈哈，呴，我的眼淚很乾淨的，怎麼可能會害你拉肚子，你作弊！你作弊啦！」小七笑了，眼淚就算掛在眼角，卻笑得好甜好甜。

「我沒作弊啊。」阿山聳肩，他問自己，平常一碰到女生就僵硬像是石頭的自己，為什麼唯獨碰到小七，就變得這麼放鬆呢？

難道，是因為她很像鈴學姊嗎？

很像自己暗戀了整整四年的偶像，鈴學姊嗎？

「警察先生，謝謝。」

「不客氣。」阿山此刻望向窗戶外頭，忽然間，他有一種奇怪的感覺，自己似乎離所謂的第一線戰場，越來越遠了……

□

「月，吃飯囉。」當雪端出盛滿排骨的碗，卻見到月並沒有在原本的狗屋裡面。

「月……」雪四下張望，沒見到月的蹤影，只好把碗放在狗屋前，無奈的嘆氣。

「那隻狗剛剛跑出去囉。」這時，家中那個正在看電視的男人開口了。

「跑出去了？」月露出又是無奈又是訝異的表情。

「我說，親愛的老婆啊，妳養的這隻狗真的很特別，只認妳一個主人也就算了，」男人微笑搖頭。「還動不動會溜出去閒晃，連門都關不住牠。」

「嗯。」雪摸著自己的肚子，緩緩坐下。「其實，有時候，我不覺得自己在養牠哩。」

「咦？」

「有時候，反而覺得月好像在保護我。」雪微笑，「還有我肚子裡面的孩子。」

「嗯，聽妳這樣說，我快要吃醋了，哈哈。」男人爽朗一笑，切換手中的遙控器。

「嘻嘻，你跟狗計較什麼啊。」雪坐到男人的旁邊，摟住男人的肩膀。「我最愛的老公只有一個呢。」

「我開玩笑的啦。」男人開朗的笑著，把注意力轉移到了電視上。「最近，這個綁架案鬧得很大欸。」

「嗯，是啊，聽說被綁架的是一個只有七歲的女孩，警察連續兩次圍剿嫌犯，都讓他們溜掉了。」雪摸著肚子，嘆氣。

「嫌犯還蠻高明的。好像是職業級的慣犯。」男人仔細的看著電視。

電視上，市長正面對著如同砲火般的市議員質詢。

內容都只有一個，「究竟何時才能抓到這兩個綁架犯，把肉票救出來。」

市長長得圓圓胖胖的，向來就是以強大親和力和老謀深算著稱，是他為了促進本市經濟繁榮大量引進各種娛樂設施，提高人民所得，只是高度發展的經濟卻帶來許多措手不及的負面效應。

黑金導致治安亮起紅燈，飆車族流竄，流浪漢，以及人們大量養殖動物後拋棄造成的流浪狗問題。

最嚴重的，莫過於在他即將爭取連任市長的關鍵時刻，爆發了這場綁架案。

「這市長是老狐狸。」男人冷笑，「這場綁架案表面上是場危機，但如果處理得好，下任市長，對他可以說是囊中物了。」

「嗯，只希望那個七歲的小女孩，能夠平平安安的……」

「聽說，那兩個嫌犯不是藏在山區，因為警察怎麼樣都找不到他們。」男人沉思，「他們就藏在市區。」

「啊？他們這麼大膽？」

「很可能，越是危險的地方越是安全。」男人沉思著，望著窗外。「也許，現在警察們正焦頭爛額坐在警局發呆呢。」

□

「警察局裡面，現在所有人應該正為綁架案在全神貫注吧？」

七月的驕陽下，馬路上一台機車騎士，正一邊等著紅綠燈，一邊胡思亂想的想著。

他是阿山，一個因為綁架案突槌，而被組長朝老大丟出來，專門處理小案子的菜鳥警察。

「算了，還是先去處理第三件案子好了。」阿山抹了抹額頭的汗，「第三件案子的報案人，應該就在附近了吧。」

等到阿山停下摩托車，他赫然發現，原來第三名報案者所寫的地址，竟然和第二位報案者小七同樣離奇古怪。

小七寫的是，圖書館。

而第三位報案者寫的，卻是……便利商店。

便利商店，這種取代古老「柑仔店」的新興業態，以驚人的繁殖速度，在台灣各大角落紮根，終於，成為了現代人不可或缺的夥伴之一。

「報案者是一個叫做黑豬的年輕人，然後，報案內容是……」阿山卸下安全帽，在歡迎光臨的聲音中，步入了冷氣四溢的便利商店中。「是……他遇見了鬼？」

遇見了鬼？

阿山頭上的青筋差點沒一根一根爆出來，媽啊，這是什麼報案理由啊？值班警察也真是的，連這種荒唐的報案理由都接受？

「我找黑豬。」阿山走到櫃台，亮出警徽。「我是警察。」

櫃台前一個黑黑胖胖，人如其名的店員，先是露出詫異的表情，然後隨即咧嘴笑了。

「我、我就是黑豬啦，沒想到，警察大人，你真的來處理我的案子啦。」

「你就是黑豬？」阿山把筆記本，啪一聲摔在櫃台上，「連見鬼都敢報案，好，我給你三分鐘，把事情說清楚。」

「是是，警察老大。」黑豬摸著後腦，嘻皮笑臉。「三分鐘嗎？整個故事，要從一個禮拜前開始……那天，我在這家便利商店值夜班。」黑豬嘻笑的表情收斂，取而代之的，是一股詭異的陰沉。「我記得，時間是晚上三點……忽然間，我聽到便利商店的門外，傳來一個聲音。」

「聲音?」

黑豬的聲音，忽然變得尖細而飄渺，如同深夜鬼嚎。

「而且，是鬼的聲音。」

□

「鬼的聲音?」阿山先是一愣，然後用力按了一下自動鉛筆，轉身離開。

「啊?警察大人?」黑豬見狀，慌了。

「聽你的屁話，你準備收到檢舉令吧，你不當報案浪費國家資源，最少判你一個十年!」阿山用恐嚇的語調說著。「你完蛋了你。」

「不、不要判我十年，我承認我不確定是鬼的聲音。」黑豬急忙澄清，「但是，我真的聽到了怪聲音。」

「什麼怪聲音?」

「一個禮拜前吧，只要到晚上三點，我都會聽到呻吟聲。」黑豬模擬起那聲音。「嗚……嗚……呃……救我……」

「嗯。」阿山皺眉。「你沒出門去看看?」

「我哪敢啊，拜託，那時候是晚上三點欸。」黑豬苦笑，「而且，不只是呻吟聲而已，其實我和其他同事，還聽過鬼磨牙。」

「鬼磨牙？」

「是啊，卡滋，卡滋的聲音，就像是有些人熟睡之後，會摩擦牙齒的聲音，很細很輕，但是聽到就很不舒服，渾身起雞皮疙瘩。」黑豬一邊說著，表情越來越驚悚。

看到黑豬的表情，阿山只想找個什麼球棒之類的物體，對黑豬的腦袋敲下去。

「也許，你聽到的是風聲？」阿山搖頭。「只是聲音而已，完全不構成證據啊。」

「嗯，警察大人，你還是不相信我的話？」黑豬露出壯士斷腕的表情。「好吧，那最後一個證據……」

「還有證據？」

「錄影帶。」黑豬把臉靠向阿山，表情凝重，「是前天晚上，我們便利商店拍攝門外的錄影帶。」

「啊？」

「錄影帶中，拍出了一個恐怖的黑色物體，在門外一閃而過。」黑豬比著門外，「那速度快得不像人，所以我說，一定是……鬼！」

「呼。」阿山揚起頭，語氣堅定。「既然這樣，那就調出來看看吧！」

錄影帶在窄小的便利商店儲藏室播放，就在凌晨三點整，原本平靜的大門，忽然一陣晃動，果然出現了黑豬口中的「黑色幽靈」。

它以很快的速度，如同鬼魅般閃過便利商店的門口，怪異的是，它並沒有觸動自動門。

停格。然後阿山瞇起眼睛，沉默思考著。

這黑影，的確不像人類。

論行進姿態，論移動高速，都不應該是正常人類的樣子。

只是，這錄影帶拍得實在太模糊，只能勉強看到一個黑色物體，在門外一晃，又迅速消失，太難去界定這是什麼了……

「黑豬，你有沒有看到，那黑影停下來的瞬間，有兩個銀綠色的光點，在他身上。」觀察敏銳的阿山的手指頭，按住了畫面的一角。

「啊？」黑豬一愣，把臉靠近了小小的黑白螢幕。「啊！真的！是真的！好像……眼睛啊！」

眼睛！

黑影晃過的剎那，出現了疑似「眼睛」的兩個光點，只是這光點呈現無法解釋的銀綠色，灰敗而慘綠，映在攝影機中。

而真正恐怖的是，這兩隻眼睛，在當時彷彿就瞪著門內的人。

那個人，也就是值班的黑豬。

「警察大人，這鬼，這鬼要找我索命，救我，請你救救我！」黑豬抓著阿山的衣服，大聲嚷著。

「別傻了。」阿山依然冷靜，一把甩掉黑豬，「這世界上根本沒鬼。」

「那、那黑影是什麼？」

「我不知道。」阿山搖頭。「但是我肯定，那不是鬼。」

「為什麼？」黑豬問，「如果不是鬼，為什麼不會觸動自動門？」

「自動門的感應器在上方，也許這東西不夠高，所以自動門不會開啟……」阿山眼神專注，看著畫面。「我認為不是鬼，因為這傢伙，還是有影子。」

「警察大人……」

「這案子，我收了。」阿山起身，然後用自動鉛筆抄了一個電話號碼給黑豬。

「啊？這電話是？」

「是我的手機。」阿山往門外走去，「下次如果你還遇到相同的黑影，聽到呻吟聲，打電話給我，這一切一定都有科學解釋的。」

「是……是嗎？」

「放心吧。」阿山離開便利商店之前，臉上露出自信的微笑。「我可是警察，身上這警徽，可是神魔辟易的。」

chapter 03

草叢裡的眼睛

雪肚子裡面的胎兒，已經九個多月了。

距離預產期，只剩短短的兩週。

她開始減少出門的時間，工作方面也開始和同事進行交接，以準備即將來臨的生產大事。

這是她的第一個孩子，超音波照片中看見孩子的大腿內側是一片空曠光滑，這胎是個女寶寶。

「女兒啊。」雪躺在客廳裡面，閉著眼睛，輕輕撫摸著自己隆起的肚皮，感受著小嬰兒那充滿生命力的踢動。

這時，門後一個巨大的黑影突然現身，正是月，牠緩緩的步向了雪。

「月？」雪微笑，「你要聽聽小嬰兒的踢動嗎？」

月是一隻聰明絕頂的狗，牠把臉靠在雪的肚皮上，然後發出非常溫和的低鳴聲。

「嘻嘻，月，你真是一隻好聰明的狗。」雪摸著月的頭。「答應我，以後要好好保護嬰兒喔。」

月抬起頭，似懂非懂得晃動一下尾巴。

「好乖。」雪繼續笑，繼續撫摸著月一身柔軟的黑毛。

忽然，雪手上的動作停了。

「咦？月，你這傷口還在啊？」雪心疼的說，「沒想到過了這麼多年，這個傷疤還在？像你這麼大的狗，還有什麼動物能傷害你？是人類嗎？」

月當然沒有辦法回答，只是慢慢轉身，又步出了門外。

留下一臉迷惑的雪。

只是，雪並不知道，在當時月這隻強悍勇猛的狗中大將，已經用沉默但是如同金石般的承諾，答應了雪。

——**我會保護這嬰兒，我會用生命保護我主人的女兒。**

□

深夜，微雨。

夜色深沉的公園中，一台紅色汽車的車燈破開了濃濃的雨絲，在溼氣中緩緩推進。

駕車的人，是位女性。

她雙手握著方向盤，緊張的往窗外張望。

「什麼時候開始，這座公園的晚上變得這樣陰森了啊？」女人喃喃自語，「除了雨聲，竟然什麼聲音都沒有……」

的確，這座位於市中心的公園，佔地極廣，內有湖泊與濃密的密林，歷史悠久，從日據時代就已經存在，它經歷了戰火與和平，更走過無數的風雨變遷，幾乎是該市最重要的精神指標了。

只是，不知道從什麼時候開始，它變了。

尤其是夜晚。

原本該是蟋蟀與青蛙那充滿夏日風情的奏鳴曲，如今，卻是一片深沉的死寂。

彷彿，所有的動物都在被黑暗中，某種強大而詭異的怪物給吞噬，消失在這片黑暗中。

於是，人們根據自己的本能，開始閃躲這座公園，白天還有人在走動，到了晚上，人跡幾乎消失。

但是，說來奇怪，這名開車的女子，卻選擇在這個時候進入公園中，紅色小車的輪胎在公園中緩緩轉動，最後，在一大片樹林前面停了下來。

女人遲疑了幾秒，終於推開門。

高跟鞋踩在泥濘的地上，鞋跟深入半吋。

「呼呼，討厭的下雨。」女人的聲音帶著些微的嗲勁。「唉，妹妹，妳在嗎？妳在的話，就回應我一聲吧。」

妹妹？這不是姍姍走失狗的名字嗎？

所以，這女人正是陳姍姍，正是阿山所辦的第一件案子。

只是這女人如果真的把狗丟掉，為什麼還會如此牽掛自己的狗呢？

「妹妹，我對不起妳，從妳走了以後，我每天都睡不好，那個警察說得沒錯，我是丟狗的混蛋，但是……」姍姍的臉，被細小的雨水打溼，頭髮凌亂的披在臉上。「有件事我沒跟警察說，我也不敢說，就是妳真正衝入樹林的原因……」

「妹妹……」

雨中，姍姍走入了樹林，一邊撥著樹枝一邊喊著。

「妹妹！妳聽得到嗎？我是媽媽啊，我是……」

此時，她的動作，忽然停了。

然後，她身體蹲下，像是媽媽在哄著小孩，用很輕很輕的聲音說：「妹妹……是妳嗎？」

就在姍姍的面前，叢林的樹葉裡頭，出現一雙灰白色的野獸瞳孔。

「妹妹？」姍姍露出驚喜的表情，夜雨加上樹林，讓她看不清眼前的畫面。「妹妹，是妳？妳聽到我喊妳了？」

樹叢中的眼睛，卻沒有絲毫移動，只是安靜的看著這個露出欣喜表情的女人。

女人的手，拼命的把四周的樹葉撥開，往眼睛的方向前進。

「妹妹！」姍姍叫著，終於撥開了一叢又一叢的樹葉，只剩下幾步，就來到了這雙眼睛的面前。

這雙眼睛，只是漠然的看著眼前的女人。

「是妳嗎?妹妹?」姍姍蹲下，見到了眼睛的主人，果然是一隻柴犬，無論體型或是外表，都和妹妹有幾分神似。

但是，當姍姍清楚看到那雙眼睛，卻讓她喜悅的表情戛然而止。

這眼神，真的是妹妹的眼神嗎?

姍姍永遠記得，無論自己多晚回家，妹妹從家中衝出來迎接時，那熱切而期待的眼神，姍姍只要一接觸到那眼神，總能在瞬間忘記自己上班的勞累與痛苦。

但，妹妹的眼神，和眼前這隻狗的冰冷眼神，實在差距太大了!

她的手，不自覺的抖了起來。

「妹妹?妳真的是妹妹嗎?不，妳不是妹妹。」姍姍顫抖著聲音說著，「妳不是……妹妹不會這樣看我的，啊!」

這一退後，姍姍才忽然發現，此刻的她已經深陷在公園內部的樹林中，而且不知道從什麼時候開始……

她的左方，又多了一雙眼睛。

她往右一看，右邊竟然也有一雙眼睛。

右方，左方，前方，還有後面……眼睛，越來越多，從黑暗中不斷的浮現出來。

短短的幾秒內，她的周圍，已經全部都是眼睛！

慘白的、死灰的眼睛，密密麻麻遍佈在樹叢中，如同深夜的鬼火，冰冷的看著眼前這個人類女人。

「你們的眼神……」姍姍渾身發抖，慢慢的往後退，「這是什麼眼神？你們為什麼要這樣看我？」

就在姍姍往後退的剎那，她的高跟鞋踩中了一根樹枝，啪的一聲，鞋跟折斷。

姍姍重心不穩的坐了下去，她還來不及驚叫，才一抬頭，赫然發現……

這些眼睛，已經從四面八方猛撲了過來。

剎那間，姍姍明白了，她明白這些冷漠的眼神，究竟看著什麼……

是食物。

那是野獸看到食物的冷漠。

然後，姍姍往後一倒，無數隻蜂擁而來的銳利爪子，就這樣將她的身體，無情的淹沒。

□

此時，阿山正在警局內看資料，他讀的是最近沸沸揚揚的「少女綁架案」。

這名七歲少女名叫欣美，她的綁架案，之所以成為整個台灣新聞的焦點，主要原因在於欣美的父親。

林宏，五十一歲，六次立委連選連任，曾任市議會議長，黑白兩道通吃，更是總統的好友，身價至少百億。

而欣美是他老來得子的獨女，疼到骨子裡的掌上明珠。

但，也許身為林宏的獨女，就是欣美生下來最大的詛咒，她在一次上學的途中慘遭綁架。

綁匪是台灣名列十大槍擊要犯的第二和第六，綽號夜行龍和土撥鼠，他們專犯綁票，登記有案的綁架案就超過十件，還有許多家屬不願透露的綁票，警察統計他們身上至少背了二十起綁架案。

他們殺人的原則很簡單，只要你報警，他們寧可不要贖金，也要讓你後悔。

他們下手兇殘，足智多謀，透過綁架所累積的財富，擁有極為驚人的資源。

他們這次選定林宏下手，綁架贖金高達三億，原本林宏打算付贖金了事，卻意外的被記者揭露，終於如洪水氾濫，一發不可收拾。

夜行龍和土撥鼠兩人似乎也忌憚著林宏黑白兩道的勢力，遲遲沒有撕票，只能帶著欣美到處流竄，似乎想拿到贖金之後逃到國外。

警察連續發動三次圍剿，不是撲了空，就是被這兩個狡猾的犯罪天才給溜掉，而隨著警匪的鬥智時間拉長，嗜血的媒體不但沒有降溫，反而一天一則專門報導，硬是將這件事推上了頭條中的頭條。

到了這地步，已經不再是單純警察與綁匪的對決，而是一場全台灣都矚目的攻防戰。

只是，在這部如同動作片般引人入勝的劇情中，唯一且真正的受害者，只有一人，那就是七歲的欣美小妹妹。

只有她，是最無辜，也最可憐的。

□

「阿山，你在看綁票案的資料啊？」

就在阿山專心讀著資料的同時，他的背後，傳來一個爽朗悅耳的女音。

不用回頭，阿山也知道，聲音的主人是誰……

「鈴學姊。」

「這麼認真的看資料？真的這麼想回第一線，辦這起綁架案？」鈴學姊一身全副武裝，顯然剛剛值勤回來。

「咦？」阿山回頭，看著鈴學姊身上的裝備，眼神中有著難掩的欣羨。「你們剛回來？」

「是啊。媽啊，真是累死了。」鈴學姊把一身武器裝備卸下，扔在桌上，發出沉重的撞擊聲。

「又是一個假線報，這兩個老狐狸，究竟躲到哪裡去了，還可以不斷發訊息給媒體，真真假假，真夠難纏。」

「假情報？」阿山放下手上的資料。「躲在大屯山區的情報也是假的？」

「不，也不算假的，只是當我們破門而入，房子裡面卻只有一個死人。」鈴學姊苦笑。「死人身上貼著一張紙：『這是你們的線民，如果他是死的，請不要介意，這是我們的一番心意，哈哈，夜行龍和土撥鼠敬上。』」

「線民反被幹掉？」阿山聽到自己的心跳擂動。

「沒錯。」鈴學姊攤在椅子上，猛搖頭。「對了，阿山你那三件案子查得怎麼樣？那個找狗、找流浪漢，還有找鬼的……」

「呼，老實說，我覺得有幾個疑點。」阿山說，「感覺上，至少流浪漢和鬧鬼事件，並不尋常。」

「喔？」

阿山以極快的速度把這三個案子報告之後，下了一個簡潔的結論。「所以，目前我還理不出頭緒。」

「這樣啊，聽起來的確是有點怪異。」鈴學姊看著這個小她四屆的學弟，眼神閃爍，「老實說，我有種奇怪的感覺。」

「奇怪的感覺？」

「這三個案子，會不會其實彼此有關連？」

「咦？」

「是啊，不知道為什麼，也許是女人的第六感吧。」鈴學姊定定的看著阿山，「你有沒有試著，把三個案子串起來過？」

「怎麼串？狗、流浪漢，還有鬼？」阿山困惑的抓了抓頭髮。「我那天下午去拜訪那三個人的時候，並沒有發現什麼類似的地方啊。」

「嗯……你那天下午去拜訪他們？」鈴學姊看著警局的牆壁，上頭掛著一張鉅細靡遺的市容地圖，陷入沉思。「你只花一個下午，就拜訪了他們全部？」

「啊？太快了嗎？」阿山搔著頭髮，「我記得我沒有超速啊。」

「不是這個意思！」鈴學姊眼睛綻放精光。「地圖呢？」

「地圖？」

「這三個案子的地理位置，有沒有相關？」

「啊！」阿山像是想到什麼似的，跳了起來，伸手摸著牆壁上的地圖。「對，難怪我可以一個下午連找三個案子……因為三個案件的地點就在附近。」

「什麼東西的附近？」

「就在……」阿山的手指頭在地圖上梭巡著，最後，停住。

停在市中心，一大片綠色的圖形上。

「這裡……不就是？」鈴學姊也起身，清秀的臉龐盡是詫異。

「公園。」

阿山轉頭看著鈴學姊，眼神中同樣詫異。「三件案子，都在公園附近。」

就在此時，阿山桌上的電話響了起來。

鈴～鈴～鈴～

「現在幾點了？」阿山困惑的看了一下手錶，然後走到桌子旁，接起電話。「喂。」

「……」

「喂？」阿山又問了一次。

「……」對方依舊沉默。

「喂？奇怪，打錯電話？還是惡作劇？」阿山苦笑，正要把電話從耳旁移開。「惡作劇也不看對象？竟然搞到警察局來了。」

「救……命……」對方的聲音氣若游絲。

「咦？」阿山一愣，「妳可以說大聲一點嗎？」

「救……救……命……」

聽到對方的求救聲，阿山的背脊一股涼勁慢慢游了上來。

因為他分辨得出來，這不是惡作劇的求救，而是真正垂死人所發出的喃喃低語。

「妳在哪？」阿山用脖子夾住電話，手上慌亂的找筆。「告訴我，妳在哪！」

「我是……姍……姍……救命……」

「姍姍，陳姍姍小姐？」阿山感到背上的涼意，已經到了脖子。

「警察……對不起……我有件事瞞著你……沒跟你說實話……」

「啊？」

「妹妹……牠會衝到樹林的原因……」

「妳快點告訴我，妳在哪？」阿山焦急地喊著。「這些話以後再說，沒關係的！」

「妹妹……牠是為了保護我……」姍姍垂死的聲音，盡是濃濃懊悔的鼻音。「那時候，妹妹是為了保護我，而衝到樹林裡面的，就算……就算……牠知道……我要把牠丟掉……牠還是選擇保護我……」

「姍姍……」

「妹妹……牠真是好狗，我好對不起牠，我真的……對不起牠……」

「妳在哪？告訴我！」阿山右手抓緊電話，手背上因為用力過度而青筋暴露。

「牠，還是選擇保護我……」姍姍的聲音，已經微弱如蚊鳴，「我卻……把牠扔掉了……」

「別說這些，快告訴我，妳究竟在哪？在哪啊？」阿山已經對電話大吼了。「醒醒啊！」

「啊，我在……」姍姍像是大夢初醒，呻吟了幾句，「警察先生，我在……」

「在哪？」

「啊～～～～～～～～～～～～～～～～」

可是，阿山沒等到他要的答案，一聲尖叫就從話筒那頭傳了出來，差點就震破阿山的耳膜。

「發生了什麼？」阿山摀住耳朵，差點沒痛得蹲下。

「我的天，牠追上來了，好大、好大的黑……黑……公園……怎麼會有……卡鏘……嘟嘟……嘟嘟……」

「掛斷了？」阿山茫然的看著眼前的地圖。

但是，在最後一秒鐘，阿山捕捉到了最關鍵的兩個字。

公園。

「可惡！」阿山抓起椅子上的衣服，往警察局大門狂奔而去，「公園，竟然又是公園！」

chapter 04 好大的黑……

那天晚上，當阿山衝到了公園時，並沒有找到姍姍。

微雨，深夜，阿山和鈴學姊提著手電筒，摸索了大半夜，卻連一個鬼影都沒有找到。

阿山還試著打了幾次電話，卻直接轉進語音信箱。

這表示，姍姍的手機不是已經關機，就是在一個無法收訊的地方。

無論哪一個可能，都已經直接指出，這個晚上，阿山是找不到姍姍了。

「抱歉，鈴學姊，這麼晚了還拉妳出來。」阿山離開公園的時候，歉疚的對鈴學姊說。

「沒關係，一點點線索都不放棄，才是好警察。」鈴學姊溫柔一笑，「也許姍姍並沒有在公園？也許姍姍當時生病了所以打電話給你？這都是有可能的。」

「嗯。」阿山點頭，他心裡卻反問自己。

在當時他聽到姍姍的聲音，如此虛弱，如此絕望，真的是瀕死的聲音啊。

那，姍姍在當時究竟發生了什麼事？

如果姍姍不在公園，那她會在哪裡？抑或說，如果姍姍真的死在公園，屍體又到哪裡去了？

兇手竟然可以在這麼短的時間內，俐落的處理掉一個成年女人的屍體，毫無線索可循？

這個兇手，又是何方神聖？

說到兇手，姍姍掛斷電話前的那個「好大、好大的黑……」究竟是什麼意思？

兇手穿著黑衣嗎？還是一個長得高大的壯漢？還是……

「阿山學弟，別想啦。」鈴學姊伸手拍了阿山肩膀一下。「找個時間去拜訪一下那個叫做姍姍的女孩，不就得了嗎？」

「嗯。」阿山深深吐出了一口氣。「好吧。」

只是，當阿山和鈴學姊離開公園時，他忍不住又回頭望了一眼。

偌大的公園，籠罩在一片深沉的黑幕中，有如無光的汪洋，看似平靜的水面一隻巨大的怪物正吞吐著濃濁的鼻息，讓人渾身發冷。

阿山的內心升起了一種感覺，什麼時候開始，這公園感覺起來，竟然如此陰森？

讓人毛骨悚然的陰森。

「為什麼呢？」阿山喃喃自語。「比起以前，公園裡面到底少了什麼呢？」

不過，阿山和鈴學姊都沒有察覺到，這份陰森的來源……

是聲音。

這公園，不知道從什麼時候開始，夜晚就不再有任何聲音了。

那些蟬鳴、蛙叫、孩童笑聲，全部都消失了。

只剩下，偶爾傳來的淒厲犬嚎……

「阿嗚～～阿嗚～～」

□

月此刻正站在雪家的陽台上，目送著剛剛猛然衝出車庫，然後急駛而去的汽車。

汽車裡面，載著牠的主人，雪。

雪在半夜兩點忽然陣痛，痛得她從床上滾了下來，更可怕的是，床單上是觸目驚心的血跡。

「要出來了。」雪細瘦的手，如同鳥爪般，緊緊摳住丈夫的手臂。

「啊？什麼……什麼要出來了？」丈夫被手臂上的劇痛驚醒，意識還沒清醒。

「孩子……要出來了。」雪的臉色發白，眼眶中都是忍痛後的淚光。「要出來了。」

「明明離預產期還有一個多禮拜啊！」丈夫慌忙起床，穿上褲子，拿起鑰匙，扶起痛到站不起來的雪。

「好痛。」雪不斷嚷痛。「出來了，要出來了。」

「啊！馬上，馬上就送妳上醫院，乖。」丈夫把雪送上了車，劇痛中的雪，躺在汽車後座上。

也不知道哪來的靈感，雪卻在這時候回頭，透過車玻璃看見自己的家。

月，不知道從什麼時候，如同一尊夜神，正安靜沉穩的站在門口，目送雪的離去。

「妳在看什麼？」丈夫手握著方向盤，問道。

「我在看月。」雪的聲音飄忽。

「月？啊，我們去醫院這幾天，沒給月留食物，沒關係吧？」

「沒關係的。」雪忍痛苦笑，慢慢坐回了自己的位子。「月會自己找食物的，牠可以照顧自己的。」

「妳怎麼知道？」丈夫疑惑的看著雪。

「因為，」雪因為痛苦而滿頭大汗的臉上，就在一瞬間，露出不易察覺的放鬆微笑。「因為，月剛剛的樣子，好像在跟我說：『放心去生小主人吧，這個家，有我來守護就好了。』」

□

警局，晚上六點五十分。

阿山一個人坐在警局中發呆，桌上放著沒吃完的漢堡，因為他萬萬沒料到，這一切竟然真的成為一件失蹤案。

陳姍姍，這個愛狗又棄狗的女人，自從那通半夜的求救電話之後，竟然就像是從空氣中蒸發一樣，無聲無息的消失了。

「怎麼搞的啊？」阿山皺著眉頭，苦惱的嘆氣。「為什麼按電鈴也沒人接，電話也不通，就連家屬朋友也不知道她到哪裡去了……就算人間蒸發，有蒸發得這麼徹底的嗎？」

不過，就當阿山困擾的望著牆上地圖發呆之際……

他的手機，在桌上震動了兩下，旋即又恢復了平靜。

這不是來電鈴聲，而是一封電子簡訊跨過漫漫天空，來到了他的手機中。

「簡訊？」阿山一愣，右手抓起電話，隨口唸出了簡訊內容。「警察先生你好，冒昧傳簡訊給你，我是小七，我終於有周伯伯的線索了，要來嗎？今晚七點，台中公園。」

「台中公園？」阿山心臟一跳，為什麼又是台中公園？

「而且，距離七點還剩下五分鐘，這小七小姐的簡訊，會不會來得太遲了啊？」

說完，阿山無暇細想，只能抓起掛在椅子上的外套，往門外奔去，順便一把抓起放在桌上沒吃完的漢堡，往公園方向衝去。

□

七點整，當阿山停好摩托車，毫無困難的，就在公園門口看到一個纖細嬌俏的身影。

綁著馬尾，穿著小背心，遠遠望去，還以為她是附近唸書的大學生。

沒錯，她是小七。

不知道為什麼，阿山總能很銳利而清楚在人群中分辨出小七的身影，對於自己奇怪的本能，阿山也感到納悶。

「嗨，小七。」阿山小跑步到小七面前。「抱歉我遲到了。」

「沒關係，因為我簡訊發得很慢。」小七溫柔微笑。「你能來，我就很開心了。」

「呵呵。」阿山笑了，揮了揮手上的漢堡。「我可是連晚餐都還沒吃完哩。」

「啊，對不起對不起，警察先生，你要不要先吃，我可以等你。」小七雙手合十，做出嬌俏的抱歉姿勢。

「沒關係。」阿山見到小七做出這樣表情，竟然有些發愣，但他不愧是警察，將漢堡收到口袋裡後，迅速切回了正題。「對了，妳說，妳有周先生的線索？」

「有。」小七點頭。「而且就在這公園裡面。」

「這公園裡面？」阿山仰起頭，再次注視著這座公園，他想起了幾天前的陳姍姍事件，那時的公園又深又黑，彷彿一頭張著血盆大口的夜之巨獸。

「不過，進入公園之前，我想先帶警察先生去找一個人。」小七說，「那個人，就是我找到周伯伯的線索。」

「喔？」阿山一呆，只是在當時的他萬萬沒料到，原來那個『線索』，阿山早就認識。

而且看似無關的三個案子，正從此刻開始，以驚人的速度，糾纏在一起。

□

叮咚，叮咚，歡迎光臨。

當阿山跟著小七，才發現原來小七要帶他來的地方，竟是公園附近的便利商店。

而那個店員，好死不死，正是幾天前，阿山才見過的報案者。

「黑豬！」阿山張開嘴，驚訝之情溢於言表。

「警察大人！」黑豬也同樣露出詫異無比的表情。

「你們認識？」小七也訝異的喊了出來。

「見過一面。」阿山搖手，「這黑豬，曾經跟我報過案啊。」

「真的？」小七詫異。

「真的！」黑豬點頭。

「真是太巧了，太巧了。」阿山看著小七，「但是小七，妳說過的那條線索，和黑豬有什麼關係？」

「這部分讓我來說明吧，警察大人。」黑豬插話，「因為周伯伯最後一個晚上，就是出現在這家便利商店。」

「喔？」阿山看向黑豬，一股警察的直覺從心中升起。「然後呢？」

「我之所以印象深刻，和周伯伯那天進來的神情有關。」黑豬回憶起當時的情況，「周伯伯是我們這家便利商店的常客，不過是那種不付錢的常客，他通常來討一些關東煮的湯，或是一些剛剛過期的便當，如果當時不忙，我們店員通常會樂意招呼周伯伯。」

「嗯。」

「不過，那天晚上，周伯伯的表情好怪。」

「怎麼怪法？」阿山問。

「好像很怕，卻不知道在怕什麼，身體一直發抖，而且，我注意到他身體上，有一些抓傷的痕跡。」

「抓傷！」阿山和小七對看一眼，都同時在對方的眼睛中感到凜然的寒意。

抓傷？這抓傷又出現了？

「我當時想過去關心一下周伯伯，可是他口中喃喃自語，就把我推開了，我也不想自討沒趣，就走回櫃台，我當時滿腦子只想著，今天晚上三點會不會又聽到那奇怪的鬼呻吟？」

「等一下。」阿山伸手打斷了黑豬的說話，「黑豬，我問個問題，你說周伯伯喃喃自語？你有聽清楚他在說什麼嗎？」

「他究竟說什麼啊……？」黑豬歪著頭，皺著眉頭，拼命思索著。

「黑豬，周伯伯有提到『他們』嗎？會攻擊人類的『他們』？」這時，小七插話了，她試圖從她的經驗裡面，去引導出黑豬的回憶。

「不不不，周伯伯沒提到他們……」黑豬搖頭。「但是，倒是提到一個夠怪的句子。」

「夠怪的句子？」阿山和小七同時問。

只看見黑豬的臉色扭曲，吐出一個讓小七莫名其妙，卻讓阿山一聽，就是渾身發涼的句子。

「『黑……好大的黑……』」

「黑豬？你在說什麼？什麼是好大的黑？」小七嘟起嘴巴。

「我也聽不懂啊，咦？」黑豬的眼睛看向了阿山。「警察大人，為什麼你的表情，這麼難看啊？」

「好大的黑……」阿山只覺得渾身涼颼颼的，因為就在幾天前，那個陳姍姍失蹤前的電話裡面，也提過一模一樣的句子。

『好大的黑』，究竟指的是什麼？

周伯伯和陳姍姍難道真的遇到了相同的東西？

這東西，難道就在台中公園裡面？

「警察先生？」小七輕輕扯了扯阿山的衣袖，小聲的詢問。「你還好吧？」

「整個問題的解答……」阿山的眼神始終沒有對焦，從小七到黑豬，眼珠無神的游移著。「也許……」

「也許？」

「也許，就在公園裡面！」阿山神智恢復正常，同時間，他拍了拍自己腰帶上的手槍。

「啊，公園？」

「沒錯，我得走一趟了。」阿山往門外走去，他忽然明白一件事，如果所有的關鍵都是公園，那他肯定要親自走一趟公園了。

親自探訪一趟這個籠罩在黑夜裡頭的神祕怪物，公園。

「警察先生。」小七追上了阿山的腳步。「我也要去。」

「我也要跟。」黑豬匆忙的把事情丟給便利商店的另外一個店員。

「你們為什麼……？」阿山訝異。

「警察大人，我是因為……」黑豬抓了抓頭髮。「我從好久以前就懷疑，那神祕的鬼呻吟一定和這座公園有關，所以，趁著有你和身上那只警徽壯膽，我也要去。」

「嗯，好吧，黑豬你跟我來。」阿山沉吟了一會，黑豬好歹是一個粗壯的男生，真的進入公園，有個強壯的男孩子陪著，也不是壞事。「小七，我想妳就在外面等我們吧。」

「不行。」小七用力搖頭，搖到黑色馬尾也跟著左右甩動。

「妳一個小女生，而且入夜以後，公園裡頭到底藏著什麼危險，根本沒人知道……」阿山勸道。

「不，警察先生，也許你覺得我任性，但是我一定要找到周伯伯，我才能安心。」小七的表情堅定，眼神毫無畏懼直盯著阿山。

在入夜的台中城中，阿山又想起了鈴學姊。

溫柔美麗，脾氣又剛毅到難以扭轉，這表情，簡直就像是鈴學姊的翻版啊。

「好吧，你們兩個都跟我來。」阿山嘆口氣。「記住，踏入公園之後，無論發生什麼事，都不要離開我的身邊。」

chapter 05 混戰

由阿山帶領下，小七和黑豬共三人，正式進入了台中公園。

台中公園的地理結構大致上可分為三種：一是草原，環繞在公園最外圍的大片青翠草地，視野良好，環境清幽，在白天更是街坊鄰居散步的好地方，也是目前公園內最安全的地方。

二是湖泊，沿著公園內彎曲的小徑，會通往一個寬大的湖泊，這湖泊與多數公園與校園內的人工湖類似，會有一條小橋通往湖內的小涼亭，這樣的小涼亭常是遊客餵魚閒磕牙的好地方。

三則是森林，公園的森林畢竟不像真正海拔超過三千公尺的大森林，充其量不過是數十株大榕樹盤繞而成的一塊樹蔭區，只是森林坐落在公園的最深處，大大小小共有五座。

也許是森林生長過於茂密，或是市政府疏於整理，森林底下生長著各種植物，遮住了陽光，如同一個黑暗領域。

而阿山三人探查的重點，就放在公園的第三個區域：森林。

「公園的森林共有五座，由東北到西南，分別被標上一號、二號、三號、四號，以及五號。」阿山說著。「其中又以三號最大，一號最小，為了安全起見，我們就從一號開始搜索好了。」

他們三個人慢慢的穿過了公園的草地區，在一片月光中前進，就在這時候，阿山忽然伸出了手，阻止了所有人。

「咦，你們有聽到嗎？」阿山往四周張望，神情戒備。

「聽到什麼？」

「前面的草叢，有東西在動！」

「啊？是什麼？」小七本能的躲到了阿山的後面。

反倒是黑豬不怕死的往前走了幾步，撥開草叢，接著他哈一聲笑了出來。

「你笑什麼？」小七嘟嘴問道。

「警察大人，你說的動物，難道就是這傢伙嘛？哈哈。」黑豬比著正站在他腳邊的那團白色絨毛球。

身軀嬌小，一身圓滾滾的白毛，一雙無辜的眼睛，正吐著舌頭，看著眼前這三個誤闖公園的不速之客。

「這是……馬爾濟斯啊。」小七從阿山的背後探出頭來，看著眼前的小動物，她忍不住笑了。

「馬爾濟斯？」阿山看著小七，眼神疑惑。

「當然，馬爾濟斯是很普通的狗啊，警察先生一定沒養過狗喔？」小七一笑，「馬爾濟斯，體長約四十公分，是很標準的小型犬，起源於地中海的馬爾他島而得名。傳說是由腓尼基人透過配種所得，由於馬爾濟斯身材嬌小，不怕生，又有一身可擁抱的柔軟白毛，讓牠成為十五世紀法國和英國貴族的寵兒喔。」

「小七妳對狗懂得真多……」阿山驚嘆，「不過說真的，這樣的狗出現，的確是一點威脅都沒有。」

「是啊，警察大人，你實在太緊張啦，不過是一隻馬爾濟斯嘛。」黑豬嘿嘿兩聲，伸出腳，想把這隻馬爾濟斯踢走。

但是黑豬的這下腳踢卻落了空，小狗輕巧的轉了半圈避開黑豬的攻擊，依然留在原地，搖著尾巴，吐著舌頭，一副可愛的模樣。

「奇怪，這隻馬爾濟斯怎麼完全不怕人？」黑豬又往前走了一步，想要伸腳打算追擊。

但是，黑豬粗暴的行為，立刻被一雙嬌嫩的手給擋住。

「黑豬，你幹嘛欺負小狗！」小七雙手扠腰，睜著眼睛瞪著黑豬。

「這狗老跟著我們，太礙事，我把牠踢走。」黑豬聳肩。

「這隻馬爾濟斯又沒有礙著你！」小七越說越氣。「你知道世界上就是有你這種爛人，才會有流浪狗，很多狗狗才會無緣無故的受傷的！」

「算了，別吵了。」阿山伸手制止了兩人的吵架，「也許這隻狗是被我口袋裡面的漢堡給吸引過來的，就讓牠跟著吧，我們還有重要的事情要辦。」

「哼。」只聽到小七和黑豬同時把臉別過去，卻也真的不敢再吵了。

三個人於是繼續往公園前進，而那隻行徑怪異的馬爾濟斯則不疾不徐的，短小的步伐擺動，尾隨在眾人的後方。

「一號森林到了。」

阿山停下腳步，凝視著眼前這片，由數十株大樹遮蓋而成的黑色區域，而不知道從什麼時候開始，天邊的月亮悄悄的把臉埋入了黑雲中，替森林增添了幾分神祕氣息。

「我先進去，你們跟在我後面。」

阿山深深吸了一口氣，鎮定心神，打開手電筒，撥開樹葉，往森林深處走去。

可是，正當阿山心情緊張之際，他的背後，倏然傳來一陣高亢尖銳的聲音。

「阿嗚～」

深夜，密林，無聲的此刻，無預警的聽到這樣的聲音，讓阿山的渾身猛起雞皮疙瘩。

一回頭，他立刻知道是誰發出的聲音了。

那隻白色小狗，馬爾濟斯。

「這隻狗在吹狗螺？」黑豬臉色微變，伸手就要抓那隻馬爾濟斯。可是，這次馬爾濟斯不但沒有閃躲，還張開嘴巴，兩排銳利牙齒透出冷光，迎向了黑豬的手指頭。

「啊，小心！」小七大叫。

「好痛！」黑豬只覺得指尖劇痛，竟然被這隻小狗咬出兩個清楚的血洞。「找死啊！」

「阿嗚～～」馬爾濟斯一邊發出令人膽寒的長嚎，一邊往後退。

「這隻臭狗！看老子怎麼對付你！」黑豬氣得發抖，右拳緊握，步步進逼這隻小狗，體重超過百公斤的黑豬，只要一腳，恐怕就真能把馬爾濟斯的內臟整個踢爛。

但，前提是，黑豬要真能踢到牠。

因為，就在黑豬即將要追上馬爾濟斯的時刻，一個聲音劃破空中，鎮住了黑豬的動作。

「黑豬，別動！」發出聲音的人，正是在前頭帶路的警察阿山。「聽我的，別動！」

「我幹嘛別動？」黑豬正在氣頭上，「我……」

「冷靜下來，看看你的周圍。」

「周圍？」黑豬愣住，往四周看去……

就在這一剎那，黑豬的呼吸停了。

因為，他見到了此生最驚悚的畫面之一。

冷冷的月光下，高高的草叢間，不知道什麼時候，竟然佈滿了一雙又一雙的眼睛。

冷漠，貪婪，邪惡，讓人打從心底恐懼的野獸眼睛。

「你的周圍，現在有上百隻流浪狗，牠們正在觀察你。」阿山的聲音低沉，硬是震懾住黑豬紊亂的心神。「你只要一動，打破僵局，對方就會視你發動了攻擊，九成九會向你撲過去。」

「媽啊，什麼時候……什麼時候出現這麼多狗？」黑豬聲音戰慄。「少說……少說也有一百隻……」

「我們被包圍了。」阿山苦笑，右手慢慢拉起放在背後的警棍，他知道面對這樣龐大的狗陣，只能裝六發子彈的手槍，實在派不上用場。

「警察先生，我們現在該怎麼辦？」小七緊張抓住阿山的衣袖。

「小七，妳撿些石頭放在懷裡，用來扔狗。」阿山緊握手上的警棍，「等會聽我的命令，數到三我們就衝，目標是公園大門，千萬不能失散。」

「好。」小七忙蹲下撿了幾顆大石頭。

「一！」

數十隻的流浪狗彷彿察覺了眼前三人動作有異，緩緩的靠近過來。

「二！」

黑豬只覺得幾隻流浪狗的鼻子都快要碰到他褲襠了，就算他身材魁梧，也不禁冷汗直流。

「……三！」

阿山大吼一聲，直向野狗群中衝去。

當頭的一隻中型犬還來不及反應，就被阿山的警棍擊中脖子，往旁邊摔去。

「警察先生！手下留情……」小七看著那隻狗，天性愛狗的她，不禁低嚎。

「放心，我沒打要害，牠沒事的。」阿山的棍子反手揮出，又是一隻中型流浪狗往旁邊飛去。

而同時，黑豬也進行反擊，他仗著一身蠻力，不顧一切往前跑，竟也撞倒不少流浪狗。

小七則撿著石頭往靠近她的狗猛扔，被石頭擊中的流浪狗在發出悲鳴後，狼狽退後。

於是，三人開始往前推進，黑豬開路，小七居中，而最兇險的殿後工作，則落到阿山身上。

阿山的棍子越揮越快，曾經在警校拿過搏擊冠軍的他，此刻更是一舒進入警局後的鳥氣，把追過來的流浪狗一隻一隻打翻在地上。

只是……

「好奇怪，」阿山的棍子揮舞，「為什麼這些狗，和我知道的流浪狗不一樣？」

「哪裡不一樣？」小七問。

「我記得流浪狗應該是很膽小的狗群啊，只要一隻狗受傷，其他狗肯定夾著尾巴逃走，現在的牠們是怎麼回事？竟然緊追著我們不放？」

「聽你這樣說，我也覺得好怪。」黑豬的聲音，從最前方傳了過來。

「真是奇怪。」阿山皺眉，「而且這些狗的攻擊一波接著一波，雖然不能稱得上是攻守有度，卻頗有紀律，這些真的是流浪狗嗎？」

這群烏合之眾的流浪狗，為什麼能夠組成如此有效而紀律的攻擊？

難道牠們之中，藏著一隻狗中的司令官嗎？

但是阿山知道自己沒有時間多想，此時此刻最重要的，是突破這個由流浪狗組成的利齒殺陣，平安把這兩個小孩送出去。

「照目前的情況看來，我們應該可以順利出去。」阿山又揮棍，擊退了一隻跳上來的中型犬，牠們已經走完了半個草地，距離大門只剩下短短的五百公尺了。

可是，就在這個短短的距離，小七卻開口了，而且安靜的她，一開口就是石破天驚。

「警察先生，其實，我還擔心一件事。」

「什麼事？」

「那就是……目前攻擊我們的狗，有柴犬、蘇格蘭㹴、馬爾濟斯、狐狸犬……這些狗，都只是中小型犬而已喔。」

「啊？都是中小型犬？所以妳的意思是……」

「警察先生，就我所知……」小七喉嚨咕嚕一聲。「流浪狗中，還有一種類型，遠比中小型犬更兇猛！」

「啊，兇猛！？」

「牠們堪稱狗中的猛將，牠們是……」小七嘴角泛起苦笑。「大型犬。」

小七這句話才剛說完，彷彿啟動了令人膽寒的神祕詛咒，這些中小型犬的攻擊忽然停住了，而且不約而同的往後退開，讓出了一條路，路的盡頭，則通往草叢深處。

然後，幾個大影子，踏著優雅而沉重的步伐，緩緩的在路的盡頭現身。

「汪！」「汪汪！」「汪汪！」「汪汪！」「汪汪！」「汪汪！」中小型犬的叫聲此起彼落，似乎在歡迎著接下來登場的主角們。

真正的猛犬軍團，大型犬。

而同一時間，在台中公園附近的一家醫院裡面。

一隻女人的手，正緊緊握住另一隻男人的手。

兩隻手，全部都是汗。

會流汗？並不是因為女人握得太用力，抑或男人被握得疼痛。而是他們兩人知道，他們正透過手心每一次緊握，呼喚著一名即將誕生的小生命。

如今，這一幕的場景是子宮，一名提早來到人間的嬰兒，正帶著她脆弱的生命力，英勇的和死神搏鬥著。

女人，就是雪。

而男人，就是她的老公。

那個嬰兒，就是兩人期盼了整整三年，好不容易得到的孩子。

「啊！啊！」雪發出呻吟，那是一種會把身體剝成兩半的劇痛，更是一種催促新生命誕生的狂暴力量。

根據統計，如果把痛分成十個等級，被蚊子叮到為第一級，那女人分娩則可以榮登為第十級。

如此高等級的痛，專屬女人，正在雪的身上，和她的新生命不斷拉扯著。

「孩子的爸，孩子的爸！」雪的聲音已經虛弱如游絲，「我……我沒力氣了。」

「再撐一下，再撐一下。」男人聲音帶著難掩的疲累和心疼，「醫生的診斷，馬上就出來了。」

可是，男人與女人等待許久的醫生診斷，卻沒有帶給他們任何的希望與喜悅。

「臍帶繞頸，嬰兒生命垂危。」醫生是一名約莫四十歲的女性，低沉的母性嗓音，給人一種安心的力量。「如果要救嬰兒，非剖腹不可。」

「可是……」滿頭大汗的雪，眼神轉向男人，又轉向醫生。

「我知道你們的顧慮。」女醫生表情異常凝重。「母親的心臟虛弱，無法承受剖腹這樣的手術，如果這刀開下去，就要面對抉擇了。」

面對抉擇？

醫生深呼吸，說出了下一句話。

「要媽媽，還是要孩子？」

雪的眼神再度轉向男人。

而男人的眼神也看向了雪。

「要媽媽，還是要孩子？」

「當然，要媽媽。」男人一笑，畢生的溫柔，全部展現在這疲倦卻又堅定的笑容上。「和孩子沒有緣分，沒關係。」

「好。」女醫生深吸了一口氣，拿起注射筒。「媽媽，妳的心臟太弱，我必須先保住妳的心臟了。」

可是，就在女醫生的手要碰到雪手臂的剎那。

雪虛弱的手，卻握住了醫生拿著針筒的手，阻擋了醫生的動作。

「媽媽……」醫生愕然。

「雪？」男人也愕然。

病榻上的雪，卻在此時此刻，綻出微笑。

雖然此刻她黑髮被汗水沾溼，一絲一絲垂在額前，更因為痛了整晚而雙頰浮腫，嘴唇發白。

但，她的這個笑，卻是如此美麗，也如此堅定。

「我要孩子。」

「妳……說什麼？」男人訝異。

「我要孩子。」

「雪，妳不要發瘋了，孩子再生就有了，妳不要老是賭氣，妳知道妳這次賭的是什麼嗎？是妳自己的生命啊！」男人的聲音慌了。

「我要孩子。」

「妳如果走了，妳留下我和孩子兩個，妳叫我怎麼辦？」平常堅毅的男人，說到這裡，卻也語帶哭音。

「啊？」

「不會的。」雪展顏笑了。「親愛的，我會活著，而且把小孩生下來。」

雪閉上了眼睛，深深吸了一口氣。「因為我聽到了可靠的聲音。」

「雪……」

「所以，我一定會活下去。」雪看向女醫生。「醫生，請妳……」

「嗯？」女醫生回應雪的眼神。

「請妳，剖腹吧。」雪再度笑了，那是毫無畏懼的微笑。

「好，我們女人就是比男人更堅強，所以……」女醫生也笑了。「我一定會讓妳和小孩一起活下去，一定。」

媽媽和小孩，都一起活下去，一定。

一定。

chapter 06

重圍

就在雪躺在病榻上與死神奮戰，阿山等三人在公園裡頭面對艱險的群狗圍攻……另外一個角落，另一件事也悄悄的上演了。

一直趴在地上的月，像是感應到什麼似的，抬起頭，側耳傾聽。

然後，牠巨大的身體慢慢從地板上立起，隨著牠的動作，慢慢從慵懶的姿態變成了凜然的威勢。

「汪～」然後，月低吼了一聲，巨大身影高高躍起，越過一個人高的圍牆，跳出了雪的家。

月四肢一落地，低頭一嗅，就敏捷的往前方奔去。

□

台中公園內，戰局繃緊，一觸即發。

流浪狗中的兇暴武將，大型犬終於登場了。

這表示，真正的戰鬥，才剛剛要開始而已。

「一、二、三、四隻。」黑豬吞了吞口水。「有四隻，天啊，這四隻狗都快要和我一樣大了。」

「小七，妳比較懂狗，妳有沒有什麼建議？」阿山畢竟受過專業警察訓練，身經百戰，所以他聲音依然冷靜。

「這四隻狗裡面，有兩隻拉不拉多，一隻黃金獵犬，這三隻雖然已經骯髒和掉毛，仍可以輕鬆辨別，因為牠們是台灣養狗的大熱門，也是最可憐的幾種流浪狗……」小七目光炯炯，在黑夜中凝視著眼前的四條大狗。「其中，黃金獵犬雖然有獵犬之名，實際上只是幫英國獵人撿拾掉落鳥類的助手，並不是真正能作戰的狗，真正讓我擔心的，卻是第四隻狗……」

「第四隻狗？」阿山聽出小七聲音中的不安．「那是什麼樣的狗？」

「我說不上來……」小七歪著頭，困惑的說，「牠的頭上佈滿皺褶，頭的大小比例偏高，看起來有幾分類似獒犬，身體呈現棕紅色短毛，重點是牠小而直立的耳朵往後貼附後腦……難道是牠……可是，我以為台灣沒有人養這種狗……」

「小七，妳說出來沒關係，妳認為牠是什麼狗？」

「牠是……」小七吞了一口唾液。「**法國，波爾多。**」

「波爾多？」黑豬在旁邊插話，「牠比其他三隻大型犬還小，除了醜了一點外，感覺上好像沒什麼厲害的啊。」

「錯！」小七聲音中難掩驚疑。「一隻狗的力量與殘暴程度，往往和人類培育牠的目的有關：

……所以，我們才有專門陪伴寂寞少婦的賞玩犬，在冰天雪地運送物資的雪橇犬，陪伴獵人進入叢林的群獵犬，最後，人類為了滿足自己百般無聊和血腥天性，創造出了波爾多這樣的犬種。」

「小七，妳說的波爾多……」阿山問道，「究竟是一種什麼樣的狗？」

「牠們專門撕咬殘殺，來滿足人類的慾望。」小七聲音中帶苦澀，「牠們是，鬥犬！」

「鬥……鬥犬？啊啊啊！？」黑豬顫抖，「為什麼台灣人會去養這種鬥犬？他們瘋了嗎？還讓這種狗變成了流浪狗？」

「我也不知道！」小七說，「台灣人太過貪婪追求新奇，也許是這樣才買了這樣一隻鬥犬，卻又發現牠極難馴養，才丟棄在這裡的……尤其是波爾多，更是在鬥犬界赫赫有名，牠的攻擊力和爆發力都是下注的賭客們的最愛！」

「很好。」一旁的阿山，聽到了小七這番驚悚的解釋，他卻不怒反笑。「很好。」

「警察先生？」「警察大人？」小七和黑豬困惑的看著眼前的阿山，沒想到，這個警察竟然在笑。

而且笑容中，竟是興奮與期待。

「自從我離開警校之後，老是受到一堆鳥氣。」阿山慢慢的把棍子前指，動作凝重，手上的木棍如同一把武者之刀，射出逼人的凜然殺氣。「好久，好久沒有遇到真正的對手了。」

汪！

阿山三人的話才剛剛說完，那隻波爾多的一聲低吠後，另外三隻大型犬，已經分三路包抄了過來。

「果然，法國波爾多是頭頭啊。」阿山一笑，不但不退，還往前站了一步。

棍子緩緩提起，對準著來勢猛惡的猛犬。

三隻猛犬躍起了。

可是，阿山的棍子卻消失了。

剩下的，是空氣中倏然出現的三道棍影。

砰！砰！砰！

棍影精準的落在三頭大型犬的頭上。

阿山俐落的收棍，踏步往前走去，而在他身後，則多了三隻頭被埋在土裡，已經無法動彈的大狗。

「好厲害。」黑豬和小七都看傻了。

阿山的棍子速度之快，力道之狠，竟然可以在肉眼難辨的速度下，秒殺三隻大型犬。

只是，阿山的臉上卻沒有絲毫得意，因為他的左手手臂，也在這短暫的交鋒中，多了三道爪痕。

衣服早已破碎，而且爪痕鮮血殷然，下一秒，鮮血暴湧而出。

「好一隻法國波爾多。」阿山嘴角掛起冷笑。「用同伴做掩護，趁機攻擊啊。」

這隻法國波爾多偷襲得手，龐大的身軀微微下蹲，發出戰慄的低咆，正是發動猛攻的前兆。

「來吧。」阿山的棍子再度舞動起來，忽然，眼前的狗影晃動，法國波爾多又再度撲了上來。

「找死。」阿山的棍子往前一探，在空氣中化作一道利刃，就要擊中這隻大狗的眉心。

可是，阿山的棍子才探出一半，就知道事態不對。

因為，棍子沒有擊中硬物產生的沉重感。

取而代之的，卻是讓人驚恐的空虛感。

這隻狗，竟然在這一剎那間改變跳躍軌道。

阿山頭一低，赫然發現，法國波爾多帶著兇氣的利齒，已經出現在阿山的胸腹之處。

高手對決，一招失誤就是生死立判。

阿山犯了一個錯誤，就是低估了對手。

這隻法國波爾多，也許從未在以牙齒和鮮血為舞台的賭場上戰鬥過，但，骨子裡仍流有屬於鬥犬暴力而迅捷的血液，就是這些血液，讓牠在短短的幾秒鐘，就威脅到了阿山的生死。

「吼！」阿山知道，他已經沒有退路了，如果他有任何一點遲疑，他的肚子，就可能被這隻猛犬的利齒給咬開。

他可一點也不想親眼見到自己的腸子，還有腸子裡面沒有消化完的晚餐。

所以，他決定賭上一切，反擊。

他的腳，抬了起來，然後如閃電在夜空中完美劃過，腳尖就這樣踢了出去。

阿山的腳尖與法國波爾多的牙齒，正在進行一場沒有任何轉圜餘地的，極限速度對決。

要知道，柔軟腹部一直是動物最脆弱的部分，那就是為何多數動物會選擇四腳著地的姿態，因為這樣會減少腹部暴露在對手利齒下的危險。

但，此刻阿山的腹部，卻毫無防備的暴露在法國波爾多的犬齒下，只要波爾多的嘴巴闔起，咬破阿山腹部，無論是再厲害的高手，也是必死無疑。

也許是人類天生的結構，雖然人類的腹部朝前，但是卻給了人類可以在最後一秒反擊的機會。

那就是抬起腳，用膝蓋往上蹬，然後用整隻腳的力量，往前踹去。

尤其是阿山多年的武術鍛鍊，和搏上生死的狠勁，可能會把這隻波爾多從下顎到頭顱，一起踢斷。

這是一場生死對決。

讓小七和黑豬，同時捏一把冷汗的對決。

結局，在一聲「阿嗚～」的慘嚎中……

□

台中公園中，傳出一聲狗的悲鳴，然後阿山的面前，一個白黃色的狗影，硬是在空中轉了半圈，彈了出去。

阿山的腳，終究還是快了一步。

強勁而瘋狂的腳勁，竟然把這隻比人還重的大狗，踢上了天空，翻了半圈，才帶著半死的悲鳴，墜下。

「哇，警察先生，你贏了……咦？警察先生……」小七的歡呼到一半，忽然摀住了嘴巴。「你的肚子……流血了。」

「沒事。」阿山搖頭，剛剛千鈞一髮之際，法國波爾多的牙齒還是咬中了他的肚子，幸好他的腳踢得快，才及時將波爾多的身體送上了天空。

而阿山的衣服，仍然被犬牙給咬破，更是被撕下了一層皮。

「我們可以走了。」阿山抱著肚子，往前走去。「我們幹掉了流浪狗的領袖，我猜這些狗，已經不敢再動我們了。」

「嗯。」小七點頭，和黑豬兩人急忙追上阿山的腳步。

「這些流浪狗怎麼這樣兇殘？我記得，流浪狗應該很怕人才對……」阿山一邊走著，一邊因為失血而皺起眉頭。「尤其是那些流浪狗的眼神，卻是說不上來的可怕與冷漠，就好像……就好像……把人類不再當成人類，而當成……」

「當成什麼？」

「當成，」阿山深吸了一口氣，慢慢吐出最後兩個字，「食物。」

食物！

這兩個字，同時震懾了小七和黑豬，這些流浪狗把人類當作食物？實在太匪夷所思了。

要知道，狗的存在歷史可以追溯到以狩獵為生的原始人類，在危機四伏的荒野中，沒有嗅覺和速度的人類，只能仰賴他們最忠誠的朋友，「狗」，來躲避一次又一次的災難。

如今，這個人類最忠誠的夥伴，竟然回過頭啃噬自己的飼主？

究竟是狗瘋了？還是人類太過惡劣的行徑，終於要受到懲罰？

「狗會將人類當作食物？實在太難想像了。」黑豬喃喃自語。「可是，那些流浪狗畢竟也曾經是人類的寵物，牠們應該壓根就不想吃人類吧？」

「黑豬，我問你，人類是不是動物？兔子是不是也是動物？」

「是啊。」

「那，狗餓了會吃兔子，那為什麼不會吃人類？」阿山說。

「可是……」

「而且這城市裡面人類滿坑滿谷，強壯的人類當然可以對狗進行反擊，但是虛弱的人，其實不在少數，對吧？」阿山說到這裡，他看了一眼小七。

阿山沒有說出口的是，這些虛弱的人當中，周伯伯應該就是其中之一。

對大批流浪狗來說，周伯伯這樣弱小，速度緩慢，加上喜歡單獨行動的人類，無疑的，是最好狩獵的對象。

「不對不對。」黑豬猛搖頭。「狗才不敢吃人！狗怕人，不會吃人，就算再餓也不會吃人！如果真的要吃人，牠們需要多大的膽子，你知道嗎？」

「嗯，你說到了一個重點。」阿山沉吟。「狗的血液裡面流著『不能吃人』的基因，牠們如果真的夠膽吃人，只有一種可能……」

「什麼可能？」

阿山抬起頭，凝視著這片黑暗中的公園，嘴中的話，接近呢喃。「有一隻狗帶頭幹了這件事。」

「有狗，帶頭？」黑豬聽的是丈二金剛摸不著腦袋。「警察大人，你在說什麼瞎話啊？」

「有一隻狗，帶頭吃人。」阿山轉過頭，眼中是深邃的恐懼，凝視著黑豬，「從此，所有的狗都敢吃了。」

「啊？」

「問題是，這隻狗，究竟是哪隻？」阿山呼吸加重，「敢吃人的狗，應該不是普通的惡犬才對。」

「警察大人，你……你的意思是？有隻狗帶頭吃人？」黑豬搖晃著肥肥的腦袋，「這……也許，有一隻狗帶頭吃了，其他狗自然也就敢了……」

阿山正要接口，卻在此刻閉上了嘴巴，因為他身邊的那個綁馬尾的年輕女孩，表情有些怪異。

小七，這個從頭到尾都沒有插入討論的女孩，此刻，正側耳傾聽，一股強烈的不安的氣息，從她精緻的五官中，釋放出來。

「警察先生。」小七輕輕說著，「警察先生……」

「啊？小七，什麼事？」

「你有沒有察覺，這狗叫聲，好像變了……」

「咦？」阿山說住，一聽，公園裡的狗吠果然變了，不再是威嚇式的吠叫，變成細長的長嚎。有點類似吹狗螺，卻又不太像。

「我幾乎沒聽過這樣的狗叫，但是，我記得，我曾從電視上看過。」小七小聲說，「會這樣嚎叫的動物，只有一種，那就是狗的祖先，狼。」

「狼？！」

「而且，這是狼群在跟夥伴求救的聲音。」

「嗯……」黑豬同時皺眉，「法國波爾多都被我們幹掉了，牠們還想跟誰求救？」

「也許，波爾多只是一隻手下。」小七的聲音中，滿是擔憂。「而牠們求救的對象，才是真正的狗王。」

「小七，妳會不會太誇張了？」黑豬先是一怕，然後又咧嘴笑了。「妳是養狗天才啊？妳連狗的叫聲在呼喚誰都知道？搞不好，牠們只是呼喚母狼，春天，所以發情了。」

「真的！是真的！」小七聲音惶急，「狗的聲音中，其實有非常細微的感情變化，我聽得出來，這是求救，而且是階級低的狗，向階級高的狗求救的聲音。」

「妳的耳朵難道有一隻……」就在黑豬打算繼續虧小七的時候，阿山卻在此時開口了。

「小七，我相信妳。」

「啊？」

「我也認為，我剛剛踢傷的那隻狗，絕對不是狗王，這是一種直覺。」阿山說，「真正的狗王，可是讓台中公園失去生靈的氣息，更是統御黑夜的霸者，應該要更兇猛更強悍才對。」

「嗯。」

「而且，如果我沒猜錯。」阿山看著遠方，「那隻狗王，應該就是我們曾提過，那隻帶頭吃人的狗。」

「警察大人，如果你也認為牠們是在呼叫狗王？那不就表示……」黑豬左顧右盼。「我們應該……」

「是的。」阿山苦笑。「我們應該要逃！而且越快越好。」

□

三人一路往台中公園的出口跑去，一路上，此起彼落的狗嚎聲在深黑的草原響起，對這三名闖入者窮追不捨。

但是，群狗忌憚著阿山一腳踢掉那隻法國波爾多的威勢，始終保持距離，不敢妄動。

「自然界的生物都是很現實的，只會攻擊老弱殘兵，因為怕自己受傷。」黑豬得意的笑著，「還好警察大人幹掉了四隻大型犬，才讓流浪狗怕了我們。」

「哼。」阿山抱著自己的腹部，激烈的跑步讓他腹部的出血又更嚴重了。「我們得趕快出去，如果真的有狗王，只會比那隻法國波爾多更厲害而已。」

「啊，太好了，大門就在前面了。」黑豬伸手比著前面的白色石柱，這正是公園入口的標誌。

「太好了……咦？」

黑豬的這聲疑問，是針對他身邊的人。

那個始終都能敏銳察覺流浪狗變化的女孩，小七。

「狗叫都停了。」小七停下腳步，表情戒慎又困惑。「為什麼，我們跑到這裡，狗叫聲都停了？」

「這還用懷疑嗎？那些流浪狗放棄了啊。」黑豬大大吐出了一口氣。「我們快要逃出去了。」

「不。」阿山皺起了眉頭，手指往前比，「我猜，是因為大門下的那隻狗。」

大門下的那隻狗？

「啊？」

門下，竟然不知道在什麼時候，多了一個巨大的狗影。

這隻狗的外形，在黑夜中呈現一片朦朧的深黑色，雖然只是動也不動的蹲坐在門口，卻呈現出一股難以說明的強大壓迫感。

就是這種如同黑色重雲般的驚人壓迫感，壓住了一路尾隨阿山三人的群狗們，牠們竟然連吠都不敢吠了。

「牠就是狗王嗎？」黑豬身體發抖。「看起來果然特別可怕。」

「……」阿山困惑的看著眼前的狗影，卻無法給黑豬一個肯定的答覆。

這隻狗，身材與法國波爾多差不多，壓迫感卻強上好幾倍，若說是狗王，絕對是當之無愧。

但是，這隻狗，比起法國波爾多，卻有些不同。

彷彿少了一些流浪的氣質，卻多了一份讓人親近的尊貴。

這樣的狗，會是帶頭吃人，統御這群流浪狗的極惡狗王嗎？

「啊？」小七發出一聲低呼。「那隻狗，掉頭了？」

沒錯，就在眾人猶豫不決之際，那隻大狗忽然起身，身體一轉，慢慢的離開了。

而當大狗離開，阿山等三人，不約而同的吐出一口長長的氣。

「呼。」黑豬猛拍胸脯，「還好，牠走了。」

「嗯。」阿山依舊思考著，「這隻狗，是不是狗王？如果不是，為何當牠一出現，整座公園的狗，都怕得不敢再追逐，甚至連吠叫都不敢？」

「可是，如果牠是狗王。」小七的聲音從旁邊響起，「那為什麼不攻擊我們？反而……像是救了我們？」

「不知道。」阿山搖頭。「這隻黑色大狗，究竟是什麼來歷，我也想不出來……對了，小七，妳認得這隻狗的品種嗎？」

「天色太黑了，狗又是黑色的，我看不清楚。」小七歪著頭，試圖回憶當時的情景。「依照體型看來，可能是一種獒犬，這麼長的毛，搞不好是快要絕種的……西藏獒犬喔？」

「西藏獒犬？」阿山和黑豬同時開口。

「嘻嘻，我亂講的啦。」小七說，「西藏獒犬又珍貴又稀少，怎麼可能會跑到台灣來？」

「是啊，如果是藏獒，把牠抓起來賣，應該值不少錢吧？」黑豬舔了舔舌頭，人性黑暗面的貪婪，在黑豬臉上盡顯無疑。

「哼。這也要你抓得到吧？」小七輕視的發出一聲鼻音。「還有，我發現牠身體上有一個非常清楚的標記。」

「什麼標記？」

「雖然牠一身黑毛，但是胸口的地方，卻有著一片白弧，那白弧的形狀好美，感覺上就像是……」小七說到這裡，眼睛閉起，彷彿要把那片白弧給深印在腦海中。「就像是，一彎白月。」

「哇。」黑豬和阿山先是一呆，隨即一起笑了。「女生就是女生，想法好浪漫。」

「嘻嘻，才不是呢。」小七也笑了，「如果我是牠主人啊，我一定把牠取名為……月！」

月。

□

當阿山把小七和黑豬送回了家，一個人回到警局的時候，已經是晚上十點多了。

剛才的三個多小時，阿山覺得自己彷彿從生到死走了一回，尤其是與法國波爾多對決的那一剎那，更讓阿山一回想起來就心有餘悸。

只可惜此行並沒有找到小七要找的周伯伯，而且，如果周伯伯真的是走進了公園內，以園內流浪狗殘暴和飢餓的程度，恐怕也是凶多吉少。

想著想著，阿山拿起掛在椅子上的外套，準備回家。

但他卻意外的發現，警局的會議室，正燈火通明。

而且從位子的外套看來，無論是朝老大或是鈴學姊都還沒有回去，兩人都還在會議室中？

「這麼晚了還在開會？」阿山訝異，「什麼案子這麼緊急？難道是……」

就在此時，會議室的門開了，迎面而來的，正是朝老大和鈴學姊，兩人表情同樣嚴肅和凝重。

「看樣子，這情報的可靠度相當高，」一邊走著，朝老大神色凝重的對鈴學姊說，「妳負責聯絡台中市其他五間分局，能調到多少人手，就調多少人手，三天後，我們按照計畫行動。」

「是，長官。」鈴學姊點頭。「真是萬萬沒想到，他們兩個綁架犯，竟然會躲在那個地方啊，膽子真夠大！」

朝老大和鈴學姊談著談著，朝老大發現阿山正站在一旁聽著，朝老大伸手拍了拍阿山的肩膀。「加油，等你手上案子辦好，隨時等你歸隊。」

「謝謝朝老大。」

等到朝老大離開後，阿山急忙跑到鈴學姊的旁邊。

「學姊，剛剛究竟發生了什麼事？」

「那兩個綁架犯人的行蹤，已經被發現了。」鈴學姊說。

「在哪裡？」

「你猜猜。」鈴學姊看到阿山這個小學弟，卸下了剛才的繃緊，露出調皮的笑容。「暗示是，最危險的地方，就是最安全的地方。」

「最危險的地方，就是最安全的地方……」阿山咬住自動鉛筆，認真思考起來。「所以說，他們不是躲在山區……而是躲在市中心！？」

「漂亮！」鈴學姊用力拍掌，「但是，問題是，台中市人潮擁擠，車水馬龍，還有哪裡有荒郊野外可以藏身，而幾乎不被人們察覺？」

「學姊妳的意思是說，他們藏身處明明就是市中心，偏偏卻又是人煙稀少的地方？」

阿山腦袋轟然一聲巨響，腦海靈光乍現。「啊！」

「沒錯，你覺得，台中這個大都會，還有什麼地方符合上述條件？」鈴學姊露出挑戰的笑容。

「你猜得出來嗎？」

「整個台中……只有一個地方符合啊。」阿山聽到自己倒吸一口涼氣。

「喔？哪裡？」

「一個在白天是古老祥和樂園，晚上卻陷入恐怖深域的神祕地方……」阿山苦笑，「台．中．

公・園。」

□

那兩個綁架犯，帶著只有七歲的小女孩，這一躲，竟然躲進了台中警察們的眼皮底下——台中公園。

難怪警察連續發動多次搜山和臨檢，都變成勞民傷財的媒體笑話。

「好一對狡猾的土撥鼠和夜行龍，真是綁架界中的鬼才。」阿山喃喃自語，「這兩個混蛋，竟然躲到台中市中心來了。」

「是啊，不過這次我們已經佈署了上百名警力，準備封鎖台中公園每個入口，時間一到，立刻包圍網收攏，看這夜行龍和土撥鼠這次要怎麼溜走！」鈴學姊聲音中有著絕對的信心。

「但是，台中公園……」阿山回想起剛剛驚心動魄的鬥狗事件，急忙提醒道，「學姊，台中公園裡頭有流浪狗，要特別小心……」

「流浪狗，哈哈。」鈴學姊一聽，忍不住笑了出來，「學弟你怎麼了？辦幾件狗的案子，就開始怕起狗來？」

「不是，不是。」阿山正苦惱著要怎麼形容台中公園群狗的恐怖，鈴學姊卻像是想起什麼似的，啊了一聲。

「對了學弟，我想起來了，剛剛又有一個人來報案，因為我們這邊綁架案人手不夠，朝老大希望你先擋一下。」

「又有人報案？」阿山表情垮了下去。「這樣我到底何年何月才能……」

「我知道你很想加入這次綁架的調查小組。」鈴學姊表情歉疚。「但是，其他民眾的案子，總是要處理的，不是嗎？別忘了，每個案子……」

「我知道，每個案子都一樣重要。」阿山接口，隨即又嘆了一口氣。「唉。」

「別嘆氣了。」鈴學姊拍了拍阿山的肩膀。「這個案子應該比前面的有趣，因為報案的人是……」

「是誰？」

「是一個外國的養狗專家喔。」

外國的養狗專家，阿山聽到，心中難掩怪異的感覺，又是狗？

為什麼，又是狗？

而這個怪異的養狗專家，又會帶來什麼樣奇怪的案子呢？

□

第二天早上，那個外國的養狗專家，帶著專屬的翻譯，來到了台中警局。

他一見到阿山，第一件事就是掏出名片，遞給了阿山。

阿山瞄了一眼名片。

除了密密麻麻的英文，還有幾行中文字。

世界養狗協會榮譽會員，義大利鬥犬協會會長，世界珍奇狗種研究博士……薛博士。

「頭銜是很嚇人，但是嚇不倒我的。」阿山冷哼，把名片隨手放在桌上。「專家，請問有何貴幹？」

「我要請你們警察幫我一個忙。」薛博士摸了摸梳得整齊的白髮，「我要找狗。」

「哈哈，找狗？怎麼會找到警察局來？」阿山嗤之以鼻。「以您的財力，該找私家偵探吧？」

「私家偵探我也找了，可惜……」薛博士話說到這裡，卻不自然的轉換話題，「警察先生，我以身為一個外國人，申請你們警局的協助，你不會拒絕吧？這也算是一種國際合作喔。」

「哼。」阿山坐下，抓了抓有些凌亂的頭髮。「算你狠，如果我不答應，到時候鬧到媒體，說什麼台灣警察屁眼比眼睛高，自以為是，算了算了，你要找什麼狗？」

「我要找的是……」那博士把臉湊到了阿山面前，聲音凝重而認真。「東方神犬。」

東方？神犬？

阿山看著眼前這個年過半百的老人，那嚴肅的表情。

過了三秒。

阿山突然大笑起來。「哈哈哈哈哈。」

「警察先生，有什麼好笑？」博士怫然的說。

「東方神犬？哈哈哈哈。」阿山笑得咳嗽，「我只在倪匡的小說看過神犬這名字，好像是一本叫做《老貓》的書，裡面講的是埃及神犬PK中國神犬的橋段！你來找的，就是那種神犬嗎？」

「……」薛博士沒有回話，表情依然嚴肅，直直的看著阿山。

「哈哈哈……哈哈……哈……哈……咦？」阿山笑著笑著，忽然發現眼前的薛博士沒有任何反應，阿山搔了搔頭，停下了笑聲。「真不好意思，我以為你在開玩笑。」

「你是牧羊犬。」

「啊？」阿山一愣。「什麼我是……牧羊犬？」

「嘖嘖，不過你是什麼樣的牧羊犬呢？伊利里亞牧羊犬？荷蘭牧羊犬？難道是德國牧羊犬？不不……德國牧羊犬太尊貴了，你少了那點味道。」薛博士嘴裡蹦出讓人費解的話，把臉靠近了阿山，像是看一項古玩或是動物一樣，觀賞著。「你體內那充滿熱情的力量，和稀有的無奈，究竟是哪一種牧羊犬啊？」

「什麼？我明明就是人！怎麼會是狗？」阿山對博士特異的情境感到怪異，急忙把身體往後縮。

「喔喔，難道是高加索牧羊犬？」博士的表情驚喜，「對對對，沒想到，會是這種稀少又強悍的狗種啊！」

「博士！你給我說清楚，什麼高加索牧羊犬？」阿山怒道。

「嘻嘻，別生氣啦，我說的這種牧羊犬，這可是一種相當厲害的大型犬，你沒有獒犬的靈性，也沒有狼犬的機警，或尋血獵犬的追蹤能力，但你的潛力絕對不遜於上述的犬種，因為高加索牧羊犬的力量，只在一種情況能夠盡情揮發。」

「啊？哪一種情況？」

「那就是，」博士微笑，「當你有必須守護的東西的時候。」

「你……你在說什麼？」阿山忽然感到脖子發熱，剎那間他覺得這博士用狗來分析人，雖然有點荒唐，卻莫名的切中了他的內心。

「附帶一提。」博士說，「昨天我見過你們警局的一個小姐，個子嬌小，很漂亮的那位，她是……」

「她是什麼？」阿山身體前傾，被這段話深深吸引，因為這博士說的，正是阿山暗戀許久的鈴學姊啊。

「她是單獵犬。」

「單……獵犬？」阿山疑惑的重複。

「單獵犬與群獵犬最大的不同，是牠擅長單打獨鬥，在古典的英國狩獵習俗中，獵人總會帶著一隻單獵犬踏上森林，一去往往就是數天時間，這期間單獵犬除了必須要指示獵物的位置外，還肩負保護主人，偵測危險的本能，許多出名的狗救人事件，多數都是單獵犬的事蹟，舉例來說，拉不拉多就是單獵犬。」

「哇，鈴學姊這麼厲害。」阿山睜大眼睛，「不愧是我崇拜的對象……」

「不過，」薛博士卻在此時搖起了頭。「單獵犬雖然獨立而且敏捷，事實上，牠有弱點。」

「什麼弱點？」阿山一聽，焦急的問。

「呵呵，小子，你對那女警察，比對自己還要關心啊？」

阿山臉一紅，急忙揮手，「哪有，哪有？」

「單獵犬每次打獵都和主人同行，表面上看起來是主人需要牠，其實牠又何嘗不需要主人？單獵犬其實是一種非常害怕孤單的狗，表面堅強，內心卻渴望被愛，孤單會是單獵犬最後也最大的敵人。」

「害怕孤單？渴望愛？」阿山歪頭想著，他很難想像，這個總是堅強而聰明的鈴學姊，會害怕孤單，會渴望愛……

阿山自問，難道，自己從未真正了解過鈴學姊？

「不過你就不同了，因為你是牧羊犬。」博士看著阿山，嘴角露出高深莫測的笑容。「只要你有必須守護的東西，你就會展現驚人的意志力，這足以讓你逆轉戰局，某種程度來說，牧羊犬可能才是最強的狗，如果單獵犬愛上牧羊犬，倒是挺不錯的配合，嘻嘻……」

「最強的……狗……呸呸呸呸！」阿山急忙站起，「我不是狗！我才不是狗！」

會讓阿山如此激動的原因，除了被稱為狗的恥辱之外，更重要的是，在那一瞬間，阿山自己竟然完全認同了這個薛博士的話。

自己，也許真是一頭牧羊犬。

但，什麼是高加索牧羊犬呢？

下次，問問小七看看好了，她對狗，真的懂好多。

「警察先生，不介意我稱呼你一聲阿山老弟吧，畢竟我年歲長你這麼多。」薛博士從上衣口袋中，掏出了一張照片。「也許，你認為我只是一個老瘋子，可是，我希望你先看看這張照片。」

「這張照片？」

阿山伸出手接過這張照片，只是他訝異的發現，這相紙已經泛黃而邊緣微曲，就算照片本身經過非常細心的保存，仍掩不住歲月對照片本身進行的氧化反應。

接著，阿山仔細看起了照片的內容，這剎那，他的手臂竟起了雞皮疙瘩。

裡頭，是一隻巨大的黑狗，渾身長毛覆蓋身體，四足踏在雪地上，雙目凝視著照相的人，牠威武如雪中鬼神，凜立在飄雪的大地上。

短短的光圈開闔十六分之一秒之間，捕捉到這隻冷天傲獸霸者姿態，卻讓阿山感受到無比強烈的力量。

「牠就是東方神犬，果然，好有威勢，簡直就像是一隻獅子啊。」阿山試圖抑制自己正在加快的呼吸。

「沒錯，牠就是我口中的東方神犬。」

「世界上，竟然有這麼威猛的狗啊？」阿山回想起他曾經在台灣路邊看過的狗，大狗雖然不在少數，但是多數的狗一看就知道是被這座富饒城市寵壞的飼料狗，少了這隻神犬在荒野中焠鍊出來，剽悍而勇猛的霸氣。

「是啊，呵呵，阿山小弟，現在相信我所說的話了吧？」薛博士笑著說。

「嗯。」阿山又看了幾秒，他的內心忽然湧起一種怪異的熟悉感覺，嘴裡脫口而出，「這隻狗背後的雪地上，好像還有動物？小小的，黑黑的……」

「好眼力。」薛博士嘆氣。「那後面那黑點，就是我此行的目的。」

「啊？」

「這隻神犬，在幾年前死了。」薛博士搖頭，表情哀戚。「根據當地人的說法，這隻神犬曾經留下子嗣……」

「你的意思是，雪地上那黑色的點，就是神犬的後代。」

「正是。」

「可是，我還是不懂。」阿山看著照片，試圖看穿雪地中那非常模糊的黑點。「你要找神犬的後代，跟你來台灣有什麼關係？」

「啊？」

「有。」博士苦笑，凝視著阿山。「因為當地人說，神犬的後代，被人抓走了。」

「我追查了整整三年，才發現那個盜狗者，把那隻小狗輾轉賣到了台灣，所以……」

「所以，你認為神犬的後代，此刻正在台灣？」

「沒錯，」博士深深的看著阿山，「而且，就在你踏的這座城市，台中裡面。」

「怎麼可能？」阿山大叫，「這麼又大又兇猛的狗，在台中裡面？我怎麼可能從來沒看過？而且，這狗仔搞不好早就死了，誰知道從雪地運送到這裡，那路途有多漫長？」

「我不認為小狗會死，畢竟，牠可是神犬的後代，你不知道神犬多麼厲害，我是世界鬥狗的專家，那隻狗，可是唯一打敗……不，這就扯遠了，我深信，那隻狗還活著。」

「哼。」阿山重重哼了一聲，又把眼前這張東方神犬的照片，舉到燈光下注視。

此刻重看照片，雖然沒有一開始翻開照片時那樣讓阿山毛骨悚然。

但是這隻神犬威猛的神態，依然讓阿山心盪神馳。

這樣威猛的神犬……

該是屬於雪地、叢林，和充滿挑戰以及自由的大自然吧，而不是台灣這樣又熱又擠，又充滿工業污染的地方吧？

咦？這隻狗一身純黑，只有一個地方微白，就在胸口地方。

這片微白的毛，忽然讓阿山心臟一跳，他好像看過這樣的狗，同樣威猛而沉穩，同樣讓人一望就膽寒，在某個深夜的公園裡面……

而公園中，小七那嬌俏的身影，比著前方的大門，用甜甜的聲音說：「如果這隻西藏獒犬是我的，我要把牠取名為月。」

「這東方神犬，是西藏獒犬嗎？」阿山聽到自己聲音恍惚。

「咦？」薛博士身體猛然一震。「你怎麼知道？」

「不，我不知道，我只是猜的……」

「不，普通人看到這樣子的狗，最多猜獒犬，你怎麼會猜到西藏？藏獒多麼稀少，你怎麼會猜到的？」

「不。」阿山慌張的避開了薛博士逼迫的眼神。

「難道，你看過這樣的狗？」薛博士再度逼迫。

「沒有……」阿山退了一步，腦袋向來不機靈的他，幾乎找不到推托之詞。「我真是猜的……」

「是嗎？」薛博士又往前一步，那雙蒼老的眼睛裡面，藏著比什麼無底深淵都冰冷的寒意。

這雙眼睛，究竟看過多少鬥犬比賽的殘酷結果？

抑或，因為無數狗狗的死亡，讓薛博士的眼睛不再擁有生人的氣息？

「是嗎？」薛博士再往前一步，而阿山又往後退了一步。

直覺的，阿山不想講出他在公園大門見到那隻大狗的事情，因為他完全無法預料薛博士接下來的反應，以及他會做的事情。

更重要的是，他實在不想讓薛博士找上黑豬……以及小七。

不過，就在阿山進退兩難的時候，一個熟悉的女音，卻在這時候打破了僵局，救了阿山一命。

「照片中，不就是在雪地裡面？既然是東方神犬，又是冰天雪地的地方，稍微有腦筋一點的人，都會猜西藏獒犬的吧？是吧，阿山學弟。」

阿山一轉頭，看見了鈴學姊不知道什麼時候，把那張東方神犬的照片拿在手裡把玩著。

「妳……」薛博士看著鈴學姊，而鈴學姊毫無懼意的回瞪著薛博士。

「很好。」薛博士手一攤，剛才冰冷的氣息瞬間消散無蹤。「我知道了，阿山老弟，你沒有看過那隻狗，不過請你們一旦發現類似的訊息，千萬要告訴我。」

「嗯，當然。」阿山說。

「謝謝。」薛博士彎腰一鞠躬，卻在低頭的那剎那，臉上表情閃過一絲冰冷的戲謔笑容。

「您慢走，博士。」鈴學姊冷冷的說，「不送了啊。」

「不用送。」薛博士頭也沒回的，離開了警局。

留下氣氛繃緊的兩個刑警、鈴學姊，還有阿山。

□

警察局門外，一台黑色大賓士正發出王者的低鳴引擎聲，停在門口。

司機見到薛博士，急忙上前招呼，只聽到薛博士用極低的聲音問道：

「牠來了嗎？」

「來了來了。」司機哈腰的說，「昨天通過海關，現在正在後座呢。」

「喔？」薛博士露出滿意的笑容，慢慢的把後座車門打開一條縫。

車門後面，一片黑暗中，竟然閃爍著一雙巨大而血紅的眼睛。

「很好。」薛博士越笑越開心。「寶貝，我的世界鬥犬冠軍，你來了，我要告訴你一個好消息。」

那雙眼睛的下方，噴出兩道濃重的氣息，彷彿聽懂了薛博士的話。

「東方神犬牠的後代，果然就在這座城市裡面，那笨蛋警察騙不倒我的。」薛博士殘酷的笑著，「接下來，就靠你的鼻子了，寶貝。」

聽到東方神犬四個字的時候，那雙眼睛迅速眨動兩下，原本就泛紅的眼睛，又更紅了。觸目驚心的紅，彷彿就要滴出血來。

「別氣！別氣！我知道你很急……」薛博士說，「我們一定能找到他們，讓你報仇的。」

這句話說完，薛博士關上門，走到副駕駛座，冷冷的說：

「開車。」

「開到哪？」司機問。

「開到附近最大的公園。」薛博士冷冷的說，「我要放下寶貝，讓牠動一動筋骨。」

狗中霸者，即將現身台中城。

chapter 07 出生

醫院。

「出來了！出來了！」女醫生嘶吼的聲音震動整個急診室，然後，她戴著乳膠手套的雙手，小心翼翼的從雪兩條大腿內側，慢慢伸了出來。

手心上，是一個滿是鮮血，透明到可以看見微血管流動的小生命。

那生命有著頭、手、腳，還有一雙還沒睜開的眼睛。

她是雪期待了三年的小寶貝。

「只有一千六百克！是早產兒！」女醫生豪氣的叫聲再度響起，混雜著心電圖，手術刀碰撞聲，此起彼落。「保溫箱！保溫箱，快推過來！」

混亂中，保溫箱推了過來。

「醫生，糟糕了！」護士雙手小心的接過嬰兒，猛然抬頭。「嬰兒沒有哭！她沒有哭！」

沒有哭，表示小嬰兒的呼吸系統沒有啟動。

沒有哭，表示她的生命，還握在死神的手上。

「我來拍，開玩笑，她和媽媽都撐到這裡了，怎麼可以不把她從死神手上搶下來？」女醫生咬牙，深呼吸，右手高高的舉起。「要哭啊，寶貝，一定要哭啊。」

手掌輕輕落下，一聲清脆的皮肉碰撞聲。

啪！

眾人屏息靜默，卻，沒有聽到期待中的哭聲。

「醫生，嬰兒還是沒哭。」護士摸著已經有著頭髮，雙目緊閉的嬰兒，焦急的說。「怎麼辦？」

「還不能放棄。」女醫生的手又舉起。嘴裡喃喃的禱告。「哭啊，求求妳哭啊，妳知道，妳媽媽為了生下妳，熬下多大的痛苦嗎？她虛弱的心臟，也正因為妳而一下又一下奮鬥啊！」

手心再度落下。

啪！

還是沒哭。

「可惡……不要輸給死神啊，孩子！」女醫生的手又舉高，這次，每個人都看見醫生的手，在無影燈下，正微微顫抖著。

顫抖，是因為每個人都知道，如果這一掌下去，嬰兒還是沒哭，黃金的搶救時間，就遲了。

黃金搶救時間一過，這嬰兒，就必死無疑了。

「哭啊！」女醫生默禱，所有人同時默禱，然後，手掌落下。

啪！

所有的人都屏息，深怕錯過嬰兒哭泣的瞬間，可是……

靜默……

靜默…………

還是靜默…………

「沒哭？」女醫生手臂垂下，臉轉向正躺在病榻上，正因為剖腹手術虛弱的母親……

「嬰兒沒哭，怎麼辦？怎麼辦？」

卻在這時候，女醫生忽然，聽到一個急診室不該出現的聲音……

——汪！

「咦？」醫生的臉色忽然變了。「你們有聽到什麼嗎？」

「什麼？」周圍的護士一起不解的看醫生。「聽到什麼？」

「我好像聽到，一聲狗叫……咦？」可是，醫生還沒來得及去探查那空氣中陡然出現的狗吠。

忽然，她感覺到自己掌心那柔軟虛弱的物體，忽然微微抽動了一下。

醫生感覺到渾身血液都衝到了腦門，她慢慢低頭，第二次的抽動，又再度觸碰了她的掌心。

嬰兒，在動？

「嬰兒還有救！」女醫生的右手再度舉起，聲音莫名哽咽，「她還想活下去！她還想活下去！她和她媽媽一樣強壯啊！」

啪！

第四下拍打，這一次，沒有任何屏息與靜默的時間……嬰兒就張大了嘴巴，發出了她來到這世界，第一聲吶喊。

「哇！！！！！」

這嬰兒哭聲，貫穿了整個急診室。

女醫生第二次抬頭，看向躺在病床上，奄奄一息的雪，這次，她見到了雪嘴角的微笑。

還有，無法發出聲音的雪，用嘴形說出最真摯的一句話，

——謝謝。

「呼……」女醫生閉上眼睛，慢慢吐出一口氣，把剛才滿腔的生死驚險都吐了出來。

旋即，她睜開眼睛，又恢復她以往在急診室的霸氣神態，「快點啊！保溫箱！你們睡著了嗎？快把保溫箱給推過來啊！」

當嬰兒進入了保溫箱，雪的心臟，也在嬰兒的哭聲中，找回了自己穩定的節奏。

母女均安。

二十天後，母女在和女醫生道謝之後，在一片暖暖下午陽光中，走出了醫院。

陽光中，等待她們的，是雪的男人。

□

雖然，女醫生始終沒有搞懂，在第三次拍打後，那聲神祕而怪異的狗叫聲到底是什麼？

不過，畢竟是在急診室待久了的老醫生，她已經學會，不會去探究這樣的事情了。

母子均安，不是嗎？

這樣就夠了。

夠了。

□

台中公園，黑夜。

數十個人，此刻正身著黑衣，全神戒備的盯著公園。

每個人身上都是罕見的全副武裝，手槍、步槍、防彈背心、彈匣、通話器，還有一雙一雙透著緊張而殺氣的眼神。

黑衣人的領袖，身材高大微胖，嘴裡叼著一根菸，流氓氣中卻難掩正義的傲氣。他是朝老大，更是這次行動的負責人。

「小鈴。」朝老大嘴角的菸頭，在一片漆黑中，閃爍著動魄的紅點。「人都撒下去了嗎？」

「ＯＫ。」鈴學姊身著黑色防彈衣，兩把短槍塞在腰際，頭髮束成馬尾，原本嬌小俐落的身材，此刻卻顯得英氣逼人。「每個出口都已經確實封鎖。」

「鈴，」朝老大看著鈴學姊，英眉挺起。「這次任務，妳帶頭衝進去抓人，對方是惡名昭彰的夜行龍和土撥鼠，沒問題吧？」

「沒問題。」鈴爽朗的微笑。「老大你在外頭坐鎮就好，衝入裡面的簡單任務，交給我就行了。」

「鈴。」朝老大淡淡吐出了一口煙。「對了，妳現在有男朋友嗎？」

「哈，朝老大怎麼突然這樣問？」鈴學姊調皮一笑。「我喜歡用雙槍，那樣子多嚇人啊，怎麼可能還有男生敢靠近我哩？」

「那就有點麻煩了。」朝老大從口袋掏出自己的手機，「原本，我希望妳打電話給男朋友，就說『今晚等我回去。』，討個好兆頭。」

「老大，你不是不信什麼兆頭嗎？今晚怎麼啦？」鈴看著朝老大，大眼睛眨動。「不相信我？」

「不，我相信妳，那兩個綁匪，就算再狡猾，也不會是妳的對手。」朝老大重重的吸了一口煙，他不想說自己心跳莫名加快的事情，「只是……一個兆頭而已，就當我老了，多了點迷信吧。」

「好吧。」鈴接過電話，她一雙又大又圓的眼睛，看著這支朝老大專用的手機，淡藍色的機身，邊緣都已經破舊，這支手機好老了吧，好像從她開始跟隨朝老大，就已經存在了。

老手機帶來洶湧的回憶，鈴想起，每次她跟在朝老大背後，無論是殘忍可怕的兇殺現場，或是被火燒過焦黑屍塊的屋子，甚至是冰冷嚴肅的法庭，只要她跟著朝老大，看著他一次一次接起手機，鈴就會感到安心。

「好吧，既然朝老大這樣說了。」鈴閉上眼睛，試圖在記憶中，找一個她最牽掛的人。告訴他，自己晚上會回家。

可是……

過世的父親，老人癡呆的母親，還有已經有家庭，正在辛苦繳房貸和小孩學費的哥哥……這些人都很重要，但，鈴卻一點都不想讓他們擔心。

奇異的是，阿山的身影片刻停駐在鈴的腦海中，以及他們還在警校時候，所發生的種種……可惜，鈴就算知道阿山的心意，卻始終把他當成一個弟弟。

一個很棒的弟弟。

所以，鈴腦海中這個跑馬燈，阿山只停留了一秒，最後，卻停在一個令自己意外的畫面。

那個淡藍色、破舊的手機。

以及手機邊緣，斑駁的歲月痕跡。

這剎那，鈴驚覺，原來，她不知道從什麼開始，她眼神就追逐著這支手機，或者說，追逐著這手機的主人。

原來，她最想說「等我回家」的對象，竟然就在眼前？

「鈴。」朝老大的手機停在半空中，「想好要打給誰了嗎？」

「嗯。」鈴接過手機，嘴角洩漏出一絲苦澀，「對了，朝老大，你懷孕的老婆還好嗎？」

「怎麼突然問這個？」朝老大一愣。「呵呵，她懷孕三十週啦，而且知道那嬰兒是女孩了，目前正在想名字……」

「嗯，真好，真是美好的家庭。」鈴輕輕的笑了，然後退到一旁，「老大，關於這通電話，很私密，我得一個人講。」

「OK，我不會聽的。」朝老大聳肩，很紳士的退了幾步。

鈴看著朝老大，把手機放到耳邊，然後，她的手指往下一按，只是，她卻不是按下撥話。

而是，錄音。

「朝老大，我說完了。」幾分鐘後，鈴把手機遞還給朝老大。

「妳究竟跟誰說話？」朝老大皺眉，因為他當慣警察的銳利眼神發現，鈴的眼睛中，竟有些許難辨的水光。

「我啊，」鈴展露笑顏，在黑夜中如同一顆明亮珍珠。「剛剛向台中最高級的餐館訂了一桌菜，而且我說，只要大家平安過了今晚，朝老大會請客。」

「哈哈哈哈哈！」朝老大豎起大拇指，大笑起來。「好傢伙，還趁機拗我一頓啊？」

只要，大家平安過了今晚。

只要……

鈴閉上眼睛，她知道，她想講的話，都已經錄在手機裡面了。

就算對方永遠沒發現，也沒關係了。

接下來，就是全心全力，去面對黑夜公園中，那兩個混蛋綁匪了！

□

台中警局，此刻不同於往昔，是一片空城。

除了值班員警之外，只剩下一個半打瞌睡的男人，阿山。

阿山窮極無聊的翻著前幾天的案子，消失的女孩姍姍如今下落不明，流浪漢周伯伯的去向尚未被發現，自從上次從台中公園逃出「狗口」之後，整個案件就陷入了一片動彈不得的膠著之中。

而且，最倒楣的是，還莫名其妙的被一個外國來的薛博士給騷擾。

什麼見鬼的東方神犬？

阿山搖頭，如果東方神犬真是藏獒，以牠那身比羊毛被還要厚上十倍的粗毛衣，可能沒三天就熱死了。

但是，奇怪的是，小七也提過類似的話，那隻在公園下蹲踞的猛犬，真的很像獒犬。

說到小七，阿山無法控制的嘆了一口氣，隨即，卻又微笑了起來。

「對了，我要記得問她，到底什麼是高加索牧羊犬……？」阿山想到這裡，手不自禁的伸向了桌上的手機。

但是，卻在碰到手機的那一剎那，阿山的手指頭停了。

「身為一個警察，打電話給報案的民眾，是不是太……公器私用了？」阿山想到此處，嘴泛苦笑，正要把手指縮回。

卻在此刻，手機震動了起來。

震動中，淺綠的螢光，從螢幕中透出了來電者的資料。

「有人打電話來，咦，這麼巧，剛好是……」阿山眼睛睜得老大。「小七？」

「喂……」小七溫柔的聲音，從電話那頭傳了過來。

「嗯?」阿山抓了抓頭髮,「請問有什麼事嗎?」

「警察先生……我……我……」

「怎麼?又有人失蹤了?」阿山試圖舒緩小七的緊張。

「不是,是我剛領了圖書館的打工薪水,然後,然後……上次拖你去公園,還害你受傷,所以……所以……」小七的聲音顯得支支吾吾。

「所以?」

「警察先生,我可以……請你喝杯咖啡,向你道謝嗎?」

「啊?」

「對不起,對不起,我知道你很忙,我……」

「當然好啊。」阿山發現自己的嘴角肌肉,竟然不能控制的揚了起來,揚得好高好高。

「好?」

「約在哪?我馬上到。」

「嗯。」小七的聲音也揚了起來。「就在……」

□

公園。

在進入大門之前，鈴很仔細的檢查了自己的兩把槍，包括子彈數量、保險拴，以及準心。

因為她知道接下來的十分鐘，會是最重要的十分鐘，她將率領二十人，衝入台中公園的最深處，逼出夜行龍和土撥鼠。

這兩個混球，是台中有史以來最邪惡的罪犯之一，尤其是他們綁架了七歲女孩作為要脅，更讓人無法原諒。

不過，鈴的內心卻莫名的升起一股不安。

一股說不出來的感覺，如同幽魂般盤繞在鈴的內心中，但，現在情勢已經是箭在弦上不得不發，鈴知道自己唯一能依靠的，就是手上這兩支槍了。

槍，是傷人兵器。

但是，當正義受到威脅，它卻是最可靠的夥伴。

「朝老大。」鈴學姊閉上眼睛，深呼吸。「我們要出發了。」

我們來了，台中公園。

chapter 08

咖啡館的故事

同樣的咖啡館，同樣的桌椅，同樣的兩個人，只是，時間卻已經不同。

阿山和小七兩人，又坐在一起了。

小七的臉有些紅，不斷用小湯匙玩弄著這杯咖啡。

兩人之間，出現了一種很微妙的沉默，一種淺淺卻有舒懷的沉默。

「小七，」阿山決定打破沉默。「很抱歉，我一直都沒有找到周伯伯。」

「嗯。」小七抿著嘴巴。「沒關係，我知道你盡力了，台中公園真的是很危險的地方。」

「也許，」阿山看著窗外，眼神沉重而銳利。「這一切的問題，都出在台中公園。」

「喔？」

「為了查出周伯伯與另外一個失蹤女子的下落，我後來又深入台中公園幾次，可惜一來公園太大，二來我始終不敢在深夜進入，當然，還有最主要的原因，讓我這幾天沒有辦法深入公園……」

「最主要的原因？」

「這個原因，在今晚的夜間新聞就可以看到了，所以我和妳說說也無妨。」阿山說，「今晚，我們警察會攻入台中公園。」

「為……為什麼？」小七愣住，「為了流浪狗嗎？」

「當然不是。」阿山一笑，深吸了一口氣，「是為了綁架案。」

「綁架？」小七呆了三秒才想起，表情盡是震驚。「你是說，那個七歲女孩……」

「賓果。」阿山的小湯匙敲了一下咖啡杯，就像他按了一下最愛的自動鉛筆。

「所以，那些綁架犯就躲在公園裡面？」小七喃喃自語。「和那些流浪狗共存？」

「應該是。」阿山點頭。

「那警察先生，你這麼強壯，為什麼不跟著進去抓綁架犯？」

「嘿。」阿山苦笑，「我不夠格啦，我們隊上，有一個很厲害的學姊。」

「學姊，是女生？」小七反射性的問。

「廢話，學姊會是男生嗎？」

「對吼，不過女生當刑警，真的好了不起。」小七的臉漲紅，因為她發現，自己竟然這麼在意那學姊的性別。

是女生，又如何呢？

難道是因為……

「呵呵，她是我的偶像啊。」阿山笑了，喝了一口咖啡。「她，也許不是最厲害的警察，但是肯定是……最帥的一個。」

「嘻嘻，警察先生，你前幾天踢飛一隻鬥犬，那時候也很帥啊。」

「是嗎？」阿山摸了摸頭，不知道是不是提到了鈴學姊，他竟然有些恍神，現在的鈴學姊，已經攻進台中公園了嗎？

已經和夜行龍和土撥鼠短兵相接了嗎？

「警察先生，警察先生？」小七喚著。

「啊？」

「你在發呆？」

「我……」

「嘻嘻，警察先生，我知道了，你一定偷偷暗戀那個學姊，對不對？」

「欸？」

「看你發呆的眼神，」小七微笑，手比著阿山的鼻子。「一定是的，嘿嘿，表白了嗎？」

看到小七可愛的手指頭在自己的鼻前晃啊晃，阿山臉上閃過一絲複雜的表情。

「我，是表白了啊。」

「啊？」小七一愣，原本只是開玩笑似的慫恿，沒想到，阿山是真的喜歡鈴學姊，還曾經表白過？「那……」

「那什麼？」

「那……警察先生，你和學姊，在、在一起了嗎？」小七忽然發現自己的舌頭有些打結，奇怪，這感覺，怎麼跟剛才一模一樣。

小七的臉，又慢慢的漲紅了。

「呵呵。」阿山笑了起來，抬頭，瞄了一下掛在牆上的時鐘。「我要等警察攻堅後的結果，至少還有一個多小時，既然這樣，我就把這故事告訴妳吧。」

「你和學姊的故事？」

「當然，不然還有哪一個？」

「好耶！」

阿山雙眼注視著緩慢旋轉的咖啡水面，心中認識鈴學姊的一點一滴，湧上了心頭。

「我認識學姊，其實早在進入警校之前。」阿山臉上，泛起充滿懷念的微笑，「那時候，我只是一個沒有明天的街頭混混。」

□

公園。

鈴學姊和數十名身穿黑衣刑警，身著重裝，一如夜襲的陸戰隊，踏入了屬於台中公園的險惡領域之中。

他們逐漸遠離大門，無聲潛入公園深處，此刻的月光稀薄，只有幾盞灰暗路燈朦朧，更替此役憑添了幾許驚魂殺機。

「我記得，以前台中公園不是這樣的。」一名刑警雙手持槍，小心翼翼的走著，「我在這附近長大，那時候，這裡可熱鬧了，來散步的老人家，打太極拳的人們，跳土風舞的婆婆媽媽，還有打棒球的高中生……」

「那現在怎麼變得這麼陰森啊？」

「原因很多，大部分和台中公園周邊土地過度開發有關，為了減低交通壓力，使得市政府往西邊遷移，台中未來都寄託在西邊一帶，就越來越少人注意到這座荒廢的公園了……」那警察嘆氣，「後來，台中公園更成為缺德的市民的垃圾場，專門丟棄流浪狗！」

「丟狗？」

「這裡進出的入口太多，管制不易，幅員廣大又到處是草原樹林，把狗扔在這裡，是再適合不過了，政府曾經多次派人來掃蕩流浪狗，可是抓不勝抓，到後來，連政府都懶得管了，於是這裡便成為遠近馳名的流浪犬聚集地了。」

「原來是這樣……」

「台中公園的命運多舛，幾年前還有愛滋病同志聚集，以及流浪漢佔據的問題，只是，怪的是，自從最近野狗越來越多……這些問題都自動消失了……」

「野狗越來越多？」鈴學姊忍不住開口，「怎麼，小言，你講的好像是食物鏈似的，野狗把這些問題都趕走了？」

這個名叫小言的警察，表情是古怪的苦笑。

「我可沒把人類瞧低了，不過你看這裡滿地的狗大便，就知道野狗數量有多少了？」小言四處張望，「只是奇怪，今晚，怎麼一隻狗都看不到？」

「什麼叫做流浪狗都不見？瞧瞧你的腳下吧。」鈴頭一點，暗示著小言。

「腳下？」小言低頭，輕笑了一聲。「啊，這隻小狗什麼時候跑到我腳邊的？」

只見一隻白色長毛的小狗，正搖著尾巴，對著小言的褲管磨蹭著。

「小言，你晚餐是不是吃了太多肉，小狗黏著你哩。」另外一個警察開玩笑的說。

「不是不是。」小言急忙澄清，喃喃自語的說，「這隻狗，是馬爾濟斯啊。」

——**這隻狗，是馬爾濟斯啊。**

聽到這句話，鈴的腳步微微遲疑了，她腦海中好像閃過一道微弱難辨的冷光，是不是阿山說過什麼？

好像說過關於「台中公園」，以及「馬爾濟斯」的兇險故事？

晚上的咖啡館，優美的爵士樂在空氣中優雅流動，把阿山和小七溫柔包圍。

「那時候我十五、六歲，爸爸是退伍軍人，比我媽媽大了快二十歲，我在眷村長大，爸爸雖然威武卻因年紀太大管不動我，媽媽是愛哭鬼更對我無可奈何，我整天飆車抽菸、逃學、打電動、打撞球，還會上網咖，我在盡情揮霍自己的人生，當一個社會上徹徹底底的廢柴。」

「嗯，好難想像喔。」小七雙手托住下巴，看著眼前這個渾身散發警察正氣的年輕男人，原來，他也曾在街頭混過？

「是啊，不過也別小看我，我遺傳自退伍上校老爸的強壯體魄，在台中北屯一帶，靠雙拳打出了些名堂，十幾個手下也和我一樣，是遊手好閒的混混，那時候，我最多只想到明天，很少想到下個月、未來一年，更別提下半輩子了，反正沒錢了，就回家當伸手牌。」

「嗯。」

「不過，就在我生命中最荒唐的時刻，我遇到了一個人，也就是那個人扭轉了我的命運。」阿山說到這裡，嘴角輕輕揚起。「如果不是她打醒了我，現在的我，不會是警察，可能是電視新聞播報的槍擊要犯。」

「那個人，難道就是……」

「是的。」阿山微笑。「她，就是鈴學姊。」

□

公園。

鈴學姊一行人正緩緩推進，而那隻馬爾濟斯搖搖晃晃的跟在所有人後面，原本小言怕這小狗暴露了一行人的行蹤，想要強制驅離，可是……

「這隻狗真怪，流浪狗不是一趕就跑了嗎？」小言皺眉，「牠是怎樣？銅筋鐵骨加上意志堅定狗？怎麼趕都趕不走？」

「算了。」鈴學姊搖頭，「你再趕牠，一旦牠發出叫聲，只會更引起注意而已。」

「唉，真是怪狗！」小言聞言，停住舉在半空中的大腳。

「算了，重點是我們要小心……」鈴學姊的話才說到一半。

一個尖銳響亮的聲音，倏然，穿過台中公園寂靜夜空。

砰！

鈴學姊身體一震。「是槍聲！」

「而且，不是我們人的槍！」小言臉色煞白。「我們被夜行龍發現了嗎？」

「我想應該……」鈴學姊這句話還沒說完，夜空中，又是一聲短暫尖銳的子彈呼嘯聲！

而且，這次還不只一聲而已！緊接而來的，是散亂而狂暴的子彈咆哮聲。

砰！砰！砰砰砰砰砰！砰砰！砰砰砰！

「夜行龍他們……正在發狂開槍？」鈴學姊和一旁的小言交換了一個困惑的眼神。「為什麼？」

這些凌亂瘋狂的聲音，持續了整整三分鐘，驚擾了原本寧靜的公園夜晚。

如果這些子彈真的是夜行龍所發射，那他到底發生了什麼事？會這樣不怕洩漏行蹤，張牙舞爪的亂射子彈？

「槍聲來自左前方的三號森林，也是公園最大的一座森林。」鈴學姊沉吟幾秒，抬起頭，眼神綻放豪氣光芒，「走！我們去看看！」

□

咖啡館。

「我記得那天晚上，我和幾個混混去彈子房敲了幾杆，因為喝了點酒，加上杆子老敲不順，竟然就和鄰桌的幾個人起了衝突，他們年紀比我們大十幾歲，全身刺龍刺鳳，一看就知道是混黑道的。」

「咦？很危險啊。」小七的眼睫毛顫動，眼神盡是擔心。

「呵呵，那時候，我們是沒在怕的啦。」阿山的表情上，帶著一點驕傲，又夾雜一點自我解嘲的笑容。「我們十幾個年輕人，抓起撞球杆，就往那些黑道的頭上敲下去，整個撞球場立刻陷入一片混亂，而我一個人撂倒了五、六個，酒精上腦加上年輕的苦悶一股腦發洩了出來，可是，就在這一片混亂中，我眼睛瞄到了……」

「瞄到了什麼？」

「一個被我們打滾在地上的小流氓，他爬起，抹去臉上的血跡，從懷中掏出了一個黑色的東西。」

「啊？」

「我只是眼角瞄過，卻對那東西感到渾身戰慄，因為那是一樣只要輕輕一壓，就能奪去他人性命的兇器。」阿山深深吸了一口氣，「那是槍。」

「槍！？」小七的雙手互握，緊張的擰在一起。「你們，遇到拿槍的黑道了？！」

「妳別以為電影裡頭看到黑槍氾濫，每個流氓好像人手一槍，其實根本不是，槍這東西對我們來說太貴了，而且子彈又要錢，更重要的是，沒受過專業訓練的人，就算有槍有子彈，也是白搭，因為根本打不到人，膛炸傷到自己的機會倒是高一點。」

「嗯，所以……」

「那一剎那，我撥開混戰的人群，用我最大的力氣，要擠向那個拿槍的流氓，因為我看到，他正拿著槍對準我的一個夥伴，只要他一開槍，就是一條人命，就是我一個夥伴的性命。」

「啊啊，結果呢？」

「結果，我沒來得及抓住那槍，」阿山苦笑，看著眼前的咖啡杯。「那小混混槍舉起，對準我的夥伴射去，當時我腦袋一片空白，直覺的，我跳了起來，飛身去擋子彈！」

□

台中公園。

鈴學姊帶著眾人，朝著槍響的方向，在夜色的掩護下，快速移動著。

槍聲已經漸漸趨緩，剩下零零星星的火藥爆裂聲，無論夜行龍的敵人是誰，這場戰役，都已經接近了尾聲。

可是就算如此，鈴學姊他們，仍完全無法想像，夜行龍究竟見到了什麼？碰到了什麼？竟然讓他完全不怕驚動外頭埋伏的警方，奮而發狂開槍。

他們的迷惑，一直到抵達三號森林的外頭，終於獲得了解答。

「小心！有東西！」鈴學姊出言示警。

就在三號森林的裡頭，一個身影快速的一晃，然後沒入了黑暗中。

「啊啊，你們剛有看到嗎？」小言困惑的說，「我沒看清楚，但是那個人的臉，好像就是夜行龍？」

「是嗎？」鈴學姊歪著頭，試圖去重播剛才稍縱即逝的畫面，可是……

「我覺得不太對勁，因為，那黑影移動的方式，實在不像是一個人……」

「我們再深入一點……」正當鈴學姊做出這個提議的同時，森林的深處，又是一陣怪異而輕微的腳步聲，然後，那個黑影又再度現身了。

這次，所有人都看見了黑影的臉。

慘白的肌膚，雙眼無神，滿臉血污，看不清楚身體，卻能清楚看見五官，那張臉，彷彿就浮現在黑夜中似的。

「夜……夜行龍？！」小言率先驚叫起來，夜行龍的照片已經連續幾個月，被懸掛在警察局的每個角落，對這些警察來說，他的臉，真是化成灰都認得。

夜行龍的臉，又在一陣怪異的腳步聲後，沉入了黑暗之中。

「好恐怖的臉啊……」所有警察面面相覷，因為剛才夜行龍出現的樣子，實在太不像人了。

剛才怪異的散亂槍聲，還有此刻夜行龍詭異的出沒方式，加上這充滿殺氣的幽暗公園裡面，究竟發生了什麼事？

「既然夜行龍出現了，我們應該追上去才對！」其他警察，跟鈴學姊提議，並且紛紛把槍拿在手上，準備迎接一場廝殺。

一場警察對盜賊，貓對老鼠的廝殺。

「嗯……」可是，這個時候，鈴學姊反而遲疑了，是的沒錯，他們處心積慮要逮捕的夜行龍終於出現了！

追上去，應該是唯一的選擇，但……

鈴學姊無法解釋心頭不斷翻湧而出的不安感，夜行龍的行動方式為什麼這麼怪異？他那些槍傷又是怎麼回事？

還有，夜行龍刻意把臉從黑暗中探出來，這簡直就不像是一個精明能幹的綁架犯，應有的行為……反而就像是……要刻意引警察們過來似的。

「鈴，妳不要猶豫了。」小言在一旁著急的說，「夜行龍已經發現我們了，不快點行動，讓他們跑了，這件事誰要負責？妳嗎？朝老大嗎？還是台中市長？」

「那我們，就，前進吧！」小鈴一咬牙，不入虎穴焉得虎子，我們這方超過二十名荷槍實彈的警力，就算敵人是什麼鬼怪，照樣轟成碎片。

「是！」所有警察聽到小鈴這樣說，士氣高昂的一起回應，掏出槍，拉開保險拴，往森林中更黑暗的深處探進。

只是，當所有警察都進入森林的同時，他們卻沒注意到，那隻從公園就尾隨他們身後的馬爾濟斯，已經停下了腳步。

牠正低著頭，嗅著草地上的氣味。

忽然牠搖起了尾巴，彷彿，是聞到了欣喜的食物。

當牠再度抬頭，舌頭上，竟然是一滴又一滴鮮紅的血珠。

血！這是誰的血？

為什麼這草地上，沾染著這麼觸目驚心的鮮血？

「阿嗚～～」接著，馬爾濟斯收起沾血的舌頭，對著天空發出兩聲低嚎。

這兩聲低嚎，宛如一般巷口狗吠般平凡，但對鈴學姊來說，卻是他們無法聽懂的危險訊息。

訊息是這樣的含意……

「他們進去了！食物們，已經進去了！」

□

咖啡館。

「那個小流氓開槍了？」小七緊張的用雙手緊握咖啡杯，差點就要把咖啡杯擰破。

「是的，開槍了。」

「那，你受傷了嗎？」小七看著阿山，就算阿山此刻正好端端的坐在她面前，她仍掩飾不住發自內心的惶急和害怕。

「我看起來像受傷嗎？」阿山嘻嘻一笑，逗著小七。「妳幹嘛那麼擔心啊？」

「喔～你很討厭欸！」小七臉微微發燙，用力踱腳。「快點說故事啦！」

「呵呵。」阿山攪動著咖啡杯，笑著說，「那小流氓是開槍了，但是，他的槍管卻歪了，被一根射來的棍子給打歪了。」

「啊，一根棍子？」小七幾乎要站起來了。「是誰丟過來的？」

「在當時我也不知道，」阿山眼神依舊停留在咖啡杯面上，或者說，停留在他的回憶場景中。

「因為，我一回頭，迎面而來的，就是一拳。」

「啊？拳頭？」

「那拳頭又狠又利，打中我的嘴唇上方的人中，媽的，我無法形容那有多痛，但是以我縱橫台中北屯區的鐵打身體，竟然痛得跪在地上，差點就要暈過去。」

「好厲害。」小七試著舉起自己的拳頭，小小的粉拳除了可愛，沒有半點威脅性。「鼻子上端的人中很小欸，那個人怎麼精確打中的？」

「這人真的很厲害，因為連那根救我一命的棍子，都是他射出來的。」

「真的？」小七睜大眼睛。「他究竟是誰？」

「她啊，就是這故事的第一女主角。」阿山忽然咧嘴笑了，「因為，那個人，就是鈴學姊。」

□

台中公園。

鈴學姊和一群刑警們深入三號森林，卻被眼前的畫面所深深震懾。

眼前，哪有他們一路緊咬的夜行龍蹤影？

在這片墨綠色深夜叢林中，他們發現自己已經被一種動物包圍了。

流浪狗。

難以計算的流浪狗們，不知道從哪裡一湧而出，將他們團團圍住，每隻狗都搖著尾巴，用熱切的眼神看著他們。

「好多狗啊……」小言蹲了下去，伸手摸了摸一隻狗的頭。「難怪有人說，這公園會是台中最大的流浪狗集散地，我們眼前就至少有一、兩百隻了。」

「嗯，只是……」鈴眼睛瞇起，困惑的看著這些擠在他們身邊的流浪狗們。「他們為什麼對我們搖尾巴？」

「鈴啊，這妳就不懂了，狗會對人搖尾巴，是因為牠喜歡那個人啊，正確一點說，狗們很聰明，會對帶食物給牠的那個人搖尾巴。」

「帶食物？」鈴學姊皺起眉頭。「我們之中，誰帶食物的？」

「沒有啊。」二十幾個警察，面面相覷，「我們這次任務這麼危險，還有誰會帶食物？」

「確定沒有人帶食物？漢堡？香腸？任何有肉的東西都算。」鈴學姊再次詢問。

「沒有……」所有人還是一起搖頭。

忽然，鈴學姊閉上眼睛。

在一片樹葉騷動的月色森林中，她閉上了美麗而優雅的大眼睛。

然後，黑暗中，她重重的吐出一口長氣。

「那，我知道了。」

鈴學姊，睜開眼睛，雙瞳內卻是比任何星光都要冷冽的殺氣。

「我想，對這些狗來說，我們就是食物。」

□

咖啡館。

「這就是妳第一次遇到鈴學姊的經驗，她救了你？」小七訝異的說。「還把你揍到差點暈倒？」

「是啊。」阿山猛點頭。「而且整個故事還沒有完，我那時候被自己的鼻血給殺紅了眼，我還撲向鈴學姊。」

「真的?」

「但是，我只看到眼前一片晶亮，下一秒，我又發現自己正在往後倒。」

「學姊這麼厲害?好威啊!」

「非常。」阿山苦笑。「非常威呢。」

「那後來呢?」小七殷切的問。

「後來，所有人漸漸都停止了打架。」阿山呵呵乾笑兩聲。「因為，那些黑道都被我們擺平了，唯一站著的，都是我那幾個能征善戰的夥伴，不過，這一刻，卻所有人都沒有動，因為他們看見了不可思議的場景。」

「嗯。」

「那就是我，我這個橫罷台中北屯的街頭霸王。」阿山比著自己，羞怯的笑著。「一直被揍。」

「嗯。」

「我一直被揍，無論我怎麼站起來，怎麼奮力猛撲，怎麼加速，怎麼橫衝，學姊都只用一招就攻入我的要害，讓我一直摔倒，一直爬起來之後，又一直摔倒……」阿山說著，「在那時候，真的我已經忘記一切了，什麼救命恩人，什麼領袖尊嚴，什麼對家庭的不滿，什麼一身年輕人的傲氣，全都忘了……」

「全都忘了?」

「嗯，都忘了，我只想往前衝，我想要打敗眼前這個人，這個女孩，這個來歷不明的超級高手。」

「嗯。」

「然後，就在我要倒下的最後一刻，我的拳頭，終於碰到她了。」

「啊？」

「也不算真的碰到，只是輕輕擦過她的臉頰，順手拉下了她的耳環。」阿山嘴角又再度泛起懷念的微笑。「然後，我就精疲力竭的倒下，再也不能動彈了。」

「嗯。」

「然後，學姊的表情從訝異，慢慢變成了欣賞的笑容，她蹲下，仔細看著我的臉，老實說這一剎那，我還以為她會掄起拳頭，對我的臉砸下。但，她只在我耳邊說了幾句話，到現在我都忘不了的話……」

「什麼話？」

「『你想當正義使者是吧？』她說。『就先好好培養自己的實力吧，太輕易就死掉，會讓掛念你的人，很傷心的。』」

「好威！」小七露出敬佩無比的表情。「學姊真夠氣魄。」

「是啊。」阿山拿起咖啡杯，飲盡了最後一口。「從此我就追逐她的背影，進到了警校，我滿腦子只想打敗她一次，然後，跟她表白。」

「那你打敗她了嗎？」

「沒有。」阿山搖頭。

「為什麼？那隻波爾多鬥犬都不是你的對手了……」

「因為我不敢，我怕真的打敗她後，把話說清楚以後……」阿山苦笑。「有些話，你會怕，怕一旦說出了口，就連朋友都不是了。」

「你怕表白之後，學姊就不會照顧你了？」忽然，小七整個人站了起來。「喂！你很沒膽欸！」

「咦？」阿山猛然抬頭，訝異的發現，這是第一次，小七不稱他為「警察先生」。

「走！」小七拉住了阿山的手，使勁往外拖。

「幹嘛？」

「走啊！」小七說，「我們去表白。」

「表……表白？」

「把你的話，全部都跟學姊講……」小七堅定的說，「是成功或是失敗，也是一個痛快，不是嗎？」

「嗯……」

阿山不能控制的被小七往前拉，這一剎那，阿山彷彿又在小七身上，看到了當年鈴學姊打敗自己的風采。

堅定、自信，還有勇氣。

「好。」阿山深吸了一口氣。「我們去台中公園，找學姊吧！」

□

台中公園。

「我想，對這些狗來說，我們就是食物。」

當鈴學姊講出這句話，現場先是一片寂靜，然後瞬間爆出轟笑。

「哈哈哈，鈴，妳瘋了嗎？妳說這些狗把我們當作食物？」小言的手摸著流浪狗的頭，一邊笑得差點岔氣。「妳是被那新來的阿山傳染傻氣了嗎？連幾隻小狗都怕？」

「相信我。」鈴學姊雙手伸入後腰，握住此刻她最信賴的一對夥伴。

這一對左輪手槍。

「鈴，別傻了。」刑警們看到鈴這樣緊張，帶點嘲笑的說，「也許，一個女生單獨在警界混，是壓力大了點，但也別這樣啊。」

「真的，」鈴學姊的眼神銳利而繃緊，「相信我，拿出你們的槍，對準這些狗。」

「哈哈哈，別逗了。」小言又繼續摸著小狗的頭，「你們看看，我這樣摸牠，牠都這麼乖，妳說牠把我當食物？」

「相信……」鈴學姊的話說到一半，忽然停住，手槍往前一比，對準眼前的一片黑暗。

所有人的眼神，都同時追隨著鈴學姊的準心，看向了那片黑暗。

然後，這一刻，所有的人，都禁不住握住自己的槍，冷汗直流。

因為，黑暗中，「他」又露臉了。

慘白的五官，死氣沉沉的雙眼，他是被懸賞在警局公佈欄整整三個月的罪犯。

夜行龍。

「夜行龍，你終於出現了嗎？」刑警們不驚反笑，紛紛舉起了手上的武器，因為他們知道，此時此刻，他們佔了絕對的優勢。

夜行龍再厲害，在沒有其他火力支援的情況下，也不會是數十名持槍的刑警對手。

唯一需要擔心的，只是那個始終跟隨在夜行龍後面，只會逃跑的土撥鼠而已。

不過，刑警們的笑容，卻在接下來幾秒內，慢慢的僵化，慢慢的變形，最後，竟然變成了黑夜中無法抗拒的驚恐。

因為，夜行龍的臉，開始往刑警方向靠近……靠近……他的身體也逐漸在黑暗中清晰起來。

他的移動方式，不是人類雙腳移動的樣子。

因為，他的身體，根本不是人類的身體。

四隻黑色大足，踩在一層落葉上，每踩一步，所有警察的心跳都重了一分。

那毛茸茸的黑色大足，根本就是野獸的四肢啊。

「夜行龍……他的身體是野獸嗎？」一名警察渾身顫抖。「這是什麼？恐怖小說？」

「仔細看！」鈴學姊的聲音，在黑暗中顯得戰慄。「那不是夜行龍的身體是野獸，根本就是……夜行龍的頭，被那隻野獸……他媽的……叼在嘴裡啊！」

「為什麼……」警察們渾身發抖，數十年的訓練和經驗，在此刻都化成了無法控制的顫抖。

「那野獸要叼著夜行龍的頭？牠瘋了嗎？不，還是我瘋了？」

「該死，你們還不懂嗎？」鈴學姊的槍舉起，瞄準，準心紅色十字，對著的正是夜行龍的腦門。「這隻該死的野獸，用夜行龍的臉，把我們誘進了他們的大本營裡面啊！」

「誘進大本營……？」所有的警察面面相覷，他們的眼光，同時瞄向包圍著他們的那群野狗。

數百隻的野狗，不知道從什麼時候開始，停止了搖動尾巴……

取而代之的，是黑暗中數百雙冷酷而飢餓的眼睛。

我們，中計了。

該死，我們中了一隻野獸的毒計啊。

chapter 09

夜行龍和土撥鼠

公園。

三號森林的外頭，此刻，一名身材矮胖，渾身是傷的男子，正瘋狂的跑在公園的草地上。

他懷裡還抱著一個七歲左右的小女孩，女孩意識不清，頭倚在矮胖男人的肩膀上。

男人右腳的牛仔褲，似乎被什麼野獸的利齒咬破，露出裡面一整排不斷冒血的齒印。

男人，正在逃亡，帶著這小女孩逃亡。

可惜，這矮胖男人並不是救女英雄，而是一名人人喊打的邪惡綁匪。

他正是夜行龍的夥伴，土撥鼠。

相較於夜行龍擅長使槍，逞兇好鬥的性格，土撥鼠的個性更聰明和狡猾，也就是說，土撥鼠最高明的部分，是逃亡。

可別小看逃亡這項能力，警察多次發動大規模圍剿行動之所以失敗，靠的就是土撥鼠敏銳的找出生路。

土撥鼠可以輕易掌握各種情報，包括警察的包圍路線、火網的最弱點、地形的優勢，甚至是天氣的變化。

數月前，警察的那個線民，就是這樣被土撥鼠給識破，最後死在夜行龍殘忍的槍下。

而且，他們倆藏身在公園，也是土撥鼠的鬼點子，藉由「最危險的地方就是最安全的地方」的理論，巧妙的讓台中警察白白浪費了三個月。

不過，土撥鼠和夜行龍這對無惡不作的綁匪搭檔，就在半小時前，他們突然發現，原來他們真正的對手，根本不是那些必須承受愚蠢長官和嗜血媒體的台中警察。

而是，一直在他們身邊，緩緩遊走的另一種生物。

土撥鼠甚至還清楚記得夜行龍臨死前的那段對話……

「鼠仔啊。」夜行龍喝著「台灣人福氣啦」飲料的維士比，「我問你，如果真讓我們拿到這筆贖款，你會拿來做什麼？」

「嘿，老大，你突然問這幹嘛，難不成……？」土撥鼠用筷子夾起一塊滷味，這滷味是他跟公園外頭一個外勞攤販買來的，土撥鼠事前調查過，這外勞看不懂台灣新聞，所以根本不知道最近鬧得這麼大的綁架案。

「呵呵，鼠仔，你已經跟我五、六年了，我最信任的人也就是你了。」夜行龍嘆氣，也夾了一塊滷味。「我是想退了。」

「喔？」土撥鼠默然。

這些年他跟著夜行龍，不知道幹了多少大案子，但是都比不上這次鬧得大。

而且，甚至已經到了無法收尾的地步，台灣幾個黑道大幫搞不好都罩不了夜行龍和自己了。

「我知道你在想啥，我們這票搞太大了。」夜行龍又喝了一口維士比，轉頭看了看在一旁熟睡的小女孩。「但是，真正讓我想收山的原因，卻不是如此。」

「那是？」

「你記得，四年前我們在高雄綁的那場嗎？」

「啊，你是說，那場綁架高雄市議員兒子的案子，那議員表面上不報警，反而透過黑道狙殺令要我們的命，真是不要自己兒子的命了。」土撥鼠苦笑。「那真是一場他媽的硬仗，幸好我們沒撕票，錢也到手了。」

「是啊，你還記得嗎？我們逃到一個小公寓裡面窩了好幾天，靠著那公寓我們才逃過一劫。」

「記得啊。」土撥鼠嘿嘿的笑了。「那公寓是老大您找到的，真是神來之筆。」

夜行龍苦笑，仰頭灌了一口維士比。

「鼠仔，你知道嗎？那房子，是我老媽的房子。」

「啊？」

「她在我十幾歲的時候，因為受不了喝酒後就會揍人的老爸，就一個人跑了，而高雄那一次，我真的走投無路，回頭找她，她把房子給我，自己搬到外面去住了一個月。」

「原來……」土撥鼠驚訝，「那龍哥，你娘還挺講義氣的，沒報警……」

「沒，我知道她不會報警的。」夜行龍搖晃著維士比的瓶子，閉上眼睛。「因為我知道，她覺得心裡欠我，她跑掉，留我一個人在家裡變壞，然後我搶劫，被抓，入獄……到現在變成了大壞蛋。」

「嗯。」

「鼠仔，你知道嗎？在幹台中這票的前幾天，我還回去找了我老媽一趟。」

「喔？」土撥鼠回想，夜行龍的確消失了幾天，他原本以為龍老大去找酒店的女人，沒想到，夜行龍是去找了母親。

「我走回公寓，按電鈴，然後鐵門打開，我看見了她。」夜行龍聲音淡淡的，飄揚在此刻的公園裡面。「她看起來好老，頭髮又灰又白，滿臉皺紋，她看著我，卻沒說什麼，只是默默開了鐵門，就轉身走回屋子裡面。」

「嗯。」

「我呆呆的看著眼前這個老女人，怎麼樣都想不起我記憶中媽媽的樣子，總覺得這女人是誰？然後，我幹嘛回來找她？」夜行龍聲音依舊平淡。「但是我老媽倒是很平靜，走回屋子後，就彎到廚房。」

「嗯。」

「然後，我聽到了她打開瓦斯爐的聲音。」

「嗯。」

「然後，你知道她做了什麼事嗎？」夜行龍聲音依然淡淡的，「她問我，『想吃什麼？』你知道嗎？就像……就像我只是一個出去外面讀書或工作，會定時回家的小孩。」

「嗯。」

「這一剎那，我腦海中閃過無數的念頭，記憶中我最愛吃老媽的什麼菜？可是我什麼都想不起來。」夜行龍聲音慢慢的低了下去。「我拼命想，卻想不起來，我反而想到了我曾經殺過的肉票，他們身上血的味道，我沒辦法再想下去了。」

「老大……」

「可是，就當我什麼都想不到的時候，我聽到廚房裡，傳來煎東西爆出來的油煙味，好香，是讓我好餓好餓的香氣，我認得這香味，是蘿蔔糕，媽的，是蘿蔔糕啊，我小時候最愛吃的東西。」

「嗯。」

「正當我發呆的時候，我老媽把煎好的蘿蔔糕端了出來，上頭還有一顆沒有熟的蛋，你知道嗎？鼠仔，我想起來了，我整個都想起來了，我小時候最愛吃的東西，是蘿蔔糕加上一顆半熟的荷包蛋，那時候我家太窮，窮到只能吃到這些東西，就是最棒的美食了。」

「嗯。」土撥鼠抬起頭，發現他記憶中那個永遠心狠手辣，殺警察殺肉票殺敵人絕不手軟的魔王，聲音雖淡，眼角卻已經含淚。

「她記得！我老媽竟然全部都記得！我愣愣的，只覺得好餓好餓，這數十年來沒這麼餓過，我連筷子都來不及拿，用手就抓起來往嘴裡猛塞，也不管燙手，沒錯，這是我記憶中的味道，蘿蔔糕裡面的碎肉好香，好香。」

「嗯。」

「我媽只說：『慢慢吃，慢慢吃。』我猛搖頭，眼睛中的眼淚卻已經快要掉下來，然後我又聽到老媽又說：『你這幾年來給的錢，我都沒用，一直替你存起來，等你娶一個好媳婦。』」

「媳婦？」土撥鼠聽到這裡，心裡也微微一酸。幹他們這行的，哪敢想到結婚啊？

夜行龍眼睛依然閉著，聲音好淡，淡到好像把自己所有的情感都壓抑住了。深怕只要稍微一揚起聲音，那剛硬的外表就會像是玻璃一樣碎裂。

「我吃飽了，不敢待太久，當我走到鐵門，我忽然想起了一件事，回頭問：『家裡，一直都擺著碎肉的蘿蔔糕，妳也愛吃嗎？下次我多買一點來好了。』我媽淡淡的微笑，灰白摻半的頭髮輕輕搖動。『不用了。我已經吃素好幾年了。』」

「咦？龍老大你媽吃素好幾年了？那冰箱幹嘛擺葷的蘿蔔糕？又是新鮮的？」

「是啊，」夜行龍閉上眼睛。「我老媽沒繼續說話，但是剎那間，我忽然好懊悔，因為我忽然明白了，原來，那些蘿蔔糕，是為我而買的。」

「啊……」

「她定期更換冰箱裡面的蘿蔔糕，數十年不變，就是等我有一天回來吃飯，等我有天會回來，她一直都在等，一直都等……都等……」夜行龍的聲音依然平淡，但是，尾音卻已經無法控制的顫抖起來。

「龍老大……」

「我腦袋一片空白，往門外走去，然後老媽也默默的送我到了門口，忽然，老媽抬起頭，很平靜的說：『記得，早點回來。』」

「嗯。」

「早點回來？」夜行龍低下頭，原本兇殘而暴戾的表情，此刻卻像是一個做錯事的孩子，充滿歉疚。「我忽然明白了，我媽，是一直在等我回去，等我迷途知返，等我知道自己錯了，而她，從來沒有變過，就這樣一直等我回去。」

「呼，龍老大……」土撥鼠的臉上，是同情也是羨慕。「你真好，還有一個等你回去的老媽。」

「是啊，所以我要退了。」夜行龍苦笑，「只是沒想到，原本應該手到擒來的這個案子，竟然搞到這麼大，大到能不能抽身，搞到現在，我一點把握都沒有了。」

「嗯，這案子當真麻煩。」土撥鼠看著一旁熟睡的七歲女孩。「那有名的詛咒果然是真的……」

「什麼詛咒？」

「千萬別說這是最後一次，因為這次肯定會失手。」

「鼠仔，呵呵。」夜行龍仰頭笑了，「也許吧，那真的是我拖累你啦，不過，為兄還有最後一個懇求。」

「說吧。」鼠仔伸手拿過那瓶維士比。

「我老媽為我吃了這麼多年的素，這次我不開殺戒。」

「嗯，我懂。」土撥鼠轉頭看著熟睡的女孩。「不撕票？」

「這次就讓她平平安安的回家吧。」夜行龍暴戾的臉上，露出罕見的溫柔。「她的媽媽，也許一直在等她回家哩。」

「嗯。」土撥鼠起身，拍了拍身上的灰塵。「那就這樣決定了。」

「幹嘛？」夜行龍抬起頭，訝異的看著自己的夥伴。

「幹完這票之後，我也要回去找小雲，上次在夜店遇到她之後，老是忘不掉她，好不容易收手了，就回去看看她，能不能順便追下來。」土撥鼠微笑。

「呵呵。」

兩人大笑起來，舉瓶互碰。

鏘。

不過，就在這時候，夜行龍突然皺起眉頭，因為一隻不速之客，不知道從什麼時候，正低頭嗅著他們的滷味。

這隻不速之客，赫然是一隻流浪狗。

「死狗！」夜行龍臉上的殺氣再現。「竟然敢偷老子的食物？」

正當夜行龍要舉起腳，把那隻流浪狗踢開之際，那隻流浪狗抬起頭來，那飢餓和死灰的眼神，卻讓夜行龍的腳硬生生停在空中。

什麼時候開始，流浪狗的眼神，變得這麼可怕了？

「龍老大……」

夜行龍的背後，傳來土撥鼠的聲音，只是不知道為什麼，土撥鼠的聲音，竟然在發抖。

「幹嘛？」夜行龍皺眉，看向土撥鼠。

「你的背後……」土撥鼠嚥下驚恐的唾液。

「背後？」

「有一隻，好大的黑……好大的黑……」

當夜行龍猛然回過身體，這一剎那，他腦海中，只莫名其妙的浮現出兩個字：

報應！

這是報應，他撕票殺人的報應！

如今，這報應終於從地獄裡頭，爬上來找他了。

砰！砰砰！砰砰砰！

一陣陣尖銳的槍聲，撕破了寧靜的夜晚。

夜行龍不愧是夜行龍，在生死關頭，還是抄起了一直沒離開過他身邊的槍，橫掃出一排子彈。

子彈如雨，迸出血腥火花，在群狗的慘嚎聲中，黑暗中的狗群們開始倉皇退後了。

「老大幹得好！」土撥鼠在旁邊鼓掌。「那隻東西，肯定被你打傷了！」

「錯！」夜行龍此刻的背上是涔涔冷汗，「我沒有打到牠，黑暗中牠出然出現，真是嚇到我了……鼠仔，你覺得，那究竟是個什麼東西？」

「四隻腳，一身長毛，雖然說比四周的狗足足大了一倍，不過……」土撥鼠回想起剛才的畫面，心情慢慢平復。「我猜，牠也是一隻狗而已，有些超大型狗的體型，就像一隻獅子……」

「一隻大黑狗？」夜行龍苦笑。「這年頭，狗比人還精猛，剛才我明明朝著牠發射，竟然一發都沒能打中牠？」

「是嗎？」土撥鼠摸了摸後頸升起的雞皮疙瘩。「龍老大，您說笑的吧，以你的槍法，就連警察穿防彈背心都可以被你射穿，怎麼會沒打中牠？」

「沒打中，就是沒打中。」夜行龍深吸了一口氣，忽然間，他發現剛才被子彈驅退的狗群們，竟然又慢慢的聚攏回來了。「我的媽，這些狗是怎麼回事？怎麼完全不怕死？」

「是啊。」土撥鼠也縮了幾步。「這麼多狗，就算一發子彈能打死一隻狗……老大，我們子彈恐怕也不夠啊。」

「土撥鼠，你帶著孩子，我來開槍，然後慢慢往後退……」

「老大，小心！牠又來了！」土撥鼠剛扛起七歲女孩，立刻尖叫起來。

夜行龍急忙轉身，扳機按住，又是一連串的子彈凌空射出。

砰！砰！砰砰砰！

那隻黑色大狗如同神明附體般，一個轉身，又避掉了這一輪的子彈。

砰！砰！砰砰砰！砰砰砰！砰砰砰砰砰砰砰！

夜行龍像是發瘋似的，對那隻黑狗不斷追擊，因為，身為無數次與警察交鋒的頭號綁架犯，夜行龍有一份強烈的直覺。

一定要殺死這隻黑狗！只要殺死牠，這群虎視眈眈的流浪狗，就再也不足為懼了！

不然等到那些野狗衝上來，子彈再多，他肯定也會被撕成碎片。

但，就算夜行龍的子彈再猛，開槍再快，就是動不了這隻大黑狗分毫。

砰砰砰！砰砰砰！砰砰砰！

而且，就在這一片如雨的槍響過後，夜行龍停了槍，而那隻狗，竟然也不逃了。

夜行龍的槍抓在手上，停在空中，一滴一滴冷汗順著槍桿，落在公園的土壤裡。

眼前這隻狗，不僅不逃，還慢慢的將牠巨大的身軀，橫轉半圈，變成面對夜行龍。

牠的動作如此慵懶而蔑視，無視於只要夜行龍槍膛上還有一發子彈，牠就將面臨穿腸開肚的大禍。

但，前提是，夜行龍的槍裡面，還要有一發子彈才行。

「好，好。」夜行龍的表情，盡是不可思議，又是怪異的佩服。「你明明是一頭畜生，竟然知道我這彈匣裡面，究竟有多少子彈？」

夜行龍的口袋中，至少還有四個滿滿的彈匣，可是，他卻沒有把口袋的彈匣裝到槍上。

因為，他知道，他換彈匣的速度再快，也比不上這隻可以躲掉子彈的大黑狗。

大黑狗舔了舔嘴巴，隨著牠沉穩的步伐，往夜行龍方向走來，牠一身黑毛，霸氣十足的顫動著，如同地獄火般，熊熊燃燒著。

「鼠仔。」夜行龍的手，慢慢摸向了自己的腰際，裡面還有他最後一搏的武器。「帶著那小女孩走。」

「啊？老大……」

「我來替你殿後。」夜行龍摸到了那武器，右手一握，握住了武器螺紋的柄，慢慢拉了出來。

「還有……」

「還有？」

「如果你也能活著離開，請回去跟我老媽說一聲。」夜行龍回頭，嘴角露出淡淡微笑。「下一次，我會記得早點回家。」

然後，土撥鼠的瞳孔放大了。

因為他看見了這一幕，他永遠無法忘記的一幕。

夜行龍的手從腰際拔起，伴隨一道銀亮色的刀鋒光芒，怒吼，撲向眼前這隻黑色怪物。

而黑毛如火的大狗，則頓了一秒，似乎是等待夜行龍把手上的刀拔出來，更像是給夜行龍一點最後的尊嚴。

然後，大黑狗才四肢往上一蹦，撲了上去。

勝負，只花了零點一秒就分出來了。

因為當大黑狗的四肢又重新落回地面，牠的嘴，正叼著夜行龍的脖子。

還有，已經徹底斷掉的夜行龍的頭。

這一剎那，土撥鼠瞳孔開始急速收縮，他知道，要逃。

要用盡他生平所有逃亡的技巧，逃。

不然，只有死路一條。

「呼呵，呼呵，呼呵……」土撥鼠濃重的喘息聲，在公園內的夜色下，急促迴盪著。

因為夜行龍的犧牲，換得了土撥鼠數分鐘的掙扎時間，讓他能逃出狗群的核心，往公園的側門奔去。

只是，當土撥鼠不斷賣命往前衝的時候，他清楚的聽到，背後零碎的腳步聲、吐舌頭的喘氣聲，還有低沉的狗吠聲，越來越近了……

土撥鼠盡全力的跑著，堪稱綁架界逃跑天王的他，這次，沒有逃向側門。

因為他知道，他的腳程再快，也跑不過這些靠四隻腳生活的野獸。

他真正的目標是，在公園中，如同一座幽深的白色堡壘，悄然而污穢的站立在公園的中央。

那是，廁所。

滿頭大汗的土撥鼠，嘴角露出一絲冷笑。

有了廁所和這個七歲的女孩，他的奸計，就堪稱完美無缺了。

□

大黑狗並沒有立刻衝上去追捕土撥鼠，反而任憑手下那些流浪狗去追擊這遺漏的獵物。

原因很簡單，因為大黑狗嗅到了不尋常的味道。

牠仰起頭，嗅著空氣中飄來濃厚的味道，牠認得這些味道，就和剛剛被咬死的夜行龍一樣，是鐵味和煙硝味。

所以，這些「食物」是不好對付的頂極食材？

黑狗眼中沒有半點畏懼，反而透露出一絲狡獪的殺氣，低下頭，咬起了牠剛剛咬斷的戰利品，夜行龍的頭。

對牠來說，今晚的殺戮遊戲，才剛剛開始而已。

□

終於，土撥鼠奔到了廁所前面，他突然停下了腳步。

「嘻嘻。」土撥鼠露出了冷笑。「抱歉啦，小女孩，為了我，妳就犧牲一下吧。」

說完，土撥鼠竟然就放下了這女孩，就在這群即將撲來的餓犬的正前方。

「噓，要乖喔。」土撥鼠往廁所內部走去，吹著口哨，慢慢的打開門，在群犬追來之前，輕巧的溜進了單間的廁所門內。

然後，土撥鼠把馬桶蓋放好，頭靠在門邊，等待。

等待著，他可怕的逃脫毒計成功。

「小女孩啊，雖然失去價值上億的妳，有點心痛，但是比起我寶貴的生命，還是值得。」土撥鼠嘴角獰笑，「這群沒腦袋的畜生，只要看到妳，肯定會二話不說地撲上去！肯定沒有一隻狗會發現我……」

「嘻嘻。」土撥鼠開懷的笑了，可是他沒笑出聲，他可不敢在這時候引來群狗的注意。「到時候，我有廁所濃烈的臭味可以阻擋狗群們的鼻子，又有這間木板門的保護，只要能撐到了明天早上，肯定就安全了。」

「真是抱歉啊孩子。」土撥鼠悠閒的坐在馬桶上，聆聽著外面的聲音。「抱歉啊，哈哈。」

門外，果然群狗帶著威脅性的腳步聲，停住了。

牠們停下了腳步，仔細的觀察著眼前這隻柔軟而安靜的獵物。

她，有著一頭如絲綢般的黑髮，一雙眼睛緊閉，身材嬌小，不斷的發抖著。

她不敢睜開眼睛，深怕她眼前的這些惡夢，會一個一個成真。

就算，那些噴到她臉上的熱氣，那些帶著倒刺的舌頭，其實都是真實的。

小女孩還是寧可閉著眼睛，因為只要閉上眼睛，那一點稱作希望的火光，就從未熄滅。

直到，小女孩聽到了一個聲音……

「別動。」一個年輕女子的聲音，在小女孩耳畔響起，「別動，妳現在很危險，但是我們會帶妳離開。」

「啊……」小女孩睜開眼，淚光瞬間從眼角湧出。

因為，在她眼前的，是一個綁著馬尾，笑容甜美的女生。

「噓，要安靜喔，別哭。」女生摸了摸女孩的頭，「我們慢慢離開，那些討厭的狗狗們，就交給警察哥哥處理吧。」

「警察哥哥？」小女孩轉過頭去，一幕如同古老神話般的景象，深深映入了她的腦海。

一個高壯男子的背影，他右手握住警棍，在空中飛舞，畫出一波又一波半圓的棍影，群狗奮力撲湧而來，最後卻被無情棍影掃中，四下彈飛。

月光下，男子怒吼聲，群狗的悲鳴聲，警棍擊肉的悶爆聲，還有，自己巨大的心跳聲。

「他很帥吧？」這時，那女子說話了。「他真的很帥，只是，他自己卻從來沒有發現，尤其是……」

「嗯……」小女孩似懂非懂地點了點頭。

「尤其是，當他有人需要保護的時候，他就會又強又帥。」女子低頭微笑，看著小女孩。「妳好，我叫做小七，那個警察哥哥，名字叫做阿山。」

公園廁所。

原本以骯髒惡臭聞名的公共廁所，為了方便人們進行脫下衣物的排泄，所以安置了私密的空間，也就是所謂的大號廁所。

這私密的空間是由一道堅固的木門加上三面矮牆所組成，雖然稱不上絕對密閉，但是要保護一個人，已經是綽綽有餘。

如今，公園內，有個人就坐在這空間裡面，安靜的，卑鄙的，可恥的接受著它的保護。

土撥鼠坐在馬桶上，他不敢用力呼吸，深怕細微的聲響，都會引來聽覺敏銳的狗兒們的注意。

他只是抬頭傾聽著，他可以聽出狗兒們的叫聲變了，那是一種見到可口食物時的喘息聲。

「那些畜生，發現我丟下的小女孩了嗎？」土撥鼠嘴角揚起，抹了抹不斷從額頭湧出的冷汗。

然後，外面的狗兒聲音又變了，變得微微焦躁，更像是飢餓的咆哮。

「準備要動口了嗎？」土撥鼠搓著手，「快吃吧快吃吧，吃飽就快滾吧，你們一滾，老子就可以出去囉。」

土撥鼠期待著，殘忍的期待著，接下來是群狗利齒撕開嫩肉的聲音，是野獸見到血跡彼此爭奪的聲音，甚至是，小女孩無辜又可憐的哀號。

等待著。

土撥鼠等待著。

但，奇怪的事情發生了。

土撥鼠並沒有聽到接下來該發生的聲音，外頭，反而是出乎意料的平靜。安靜，在此刻氣氛繃緊的生死關頭，絕對不是一件好事。

土撥鼠額頭上的冷汗一滴一滴，溼透了他的衣領，他努力壓抑心裡翻湧而出的不安，低頭默唸著……

「忍過去，忍過去，忍到天亮就好了。」

趴搭！

土撥鼠猛然抬起頭。剛才是什麼聲音？

趴搭！

又來了！土撥鼠側耳傾聽，試圖去捕捉空氣中這細微到不可分辨的聲音，究竟是什麼？

趴搭！

聲音變近了？土撥鼠只覺得渾身發冷，這聲音正往自己的方向靠近？這聲音……怎麼好像是腳步聲？

趴搭！

聲音停住了！土撥鼠覺得一陣冰冷的感覺，從腳底慢慢爬了上來，而且，聲音竟然就停在他廁所的門外？
那個東西，就在門外停了？
換句話說，土撥鼠倒吸一口涼氣，這東西在門板的另外一邊，不到一公尺的距離……
「究竟……究竟是什麼？」土撥鼠身體顫抖著，從馬桶爬了下來，然後慢慢趴下，想從廁所的門縫，看清楚到底是什麼東西，發出這樣的怪聲。
當土撥鼠的眼睛，終於適應了黑暗。
那一剎那，他忘記了呼吸。
因為在門縫的那頭，和土撥鼠互看的，竟然是一雙冰冷的藍色眼睛。

□

門下，一雙瞳孔比人類為大的藍色眼珠，正冰冷的瞪著土撥鼠。
「啊啊啊！啊啊啊！」土撥鼠張嘴狂喊，把人類驚恐大叫的本能發揮到極限，往後摔在馬桶裡頭，濺了一身臭水。
旋即，土撥鼠又想到了一個問題，「這是大黑狗的眼睛嗎？怎麼可能？牠不是和夜行龍纏鬥嗎？怎麼可能那麼快？」

可是，土撥鼠的惡夢還沒有結束，他才剛從馬桶中爬起，他面前這道木門，竟猛然往內凹陷了一種怪異的弧度。

砰！

弧度拉到極限，甚至有幾根木屑飛彈出來，這正是黑狗試圖要撞進來的結果。

「可惡！你這妖怪！」土撥鼠顫抖伸出雙手，硬是按住木門，「別想進來！」

砰！

又是一下沉重的撞擊，土撥鼠只覺得從手掌到手臂都同時痠麻起來，可是，他不禁感謝起中華民國公園廁所的紮實木門。

這一下撞擊，大黑狗依然無功而返。

「呼呼……」土撥鼠喘著氣，笑了。「你進不來的，看你能撞幾下，是你先受傷還是這道木門先壞？」

可是，正當土撥鼠得意的喘息之際，忽然，他又發現些許的不對勁。

因為，停了。

來自黑狗沉重而暴力的撞擊力，竟然停了。

「怎麼不撞了？」土撥鼠雙手按著木門，困惑著。「難道是放棄了嗎？」

可是，土撥鼠畢竟是經歷過無數生死交鋒的壞蛋，他的直覺告訴他，大黑狗剛才展現了一擊斬殺夜行龍的氣魄，更是這群餓狗的尊貴領袖，牠，絕對不是一隻這麼輕易就放棄的狗。

可是，為什麼停了？

為什麼停止撞擊了？

土撥鼠雙手按住門，身體顫抖著。

這隻黑狗，究竟在打什麼鬼主意？

忽然，土撥鼠發現他的背後，暗了下來。

原本會從矮牆透進來的微薄月光，像是被一道烏雲所遮蓋，讓土撥鼠籠罩在一片黑暗中。

土撥鼠本能式的，回頭，尋找遮蔽月光的那朵烏雲。

他卻發現，那烏雲渾身長著火焰般的長毛，如同一隻邪夜精靈般，盤據在矮牆上。

而那雙幾分鐘前見過的藍色眼睛，就位在烏雲的正中央位置，發出詭異的嘲笑冷芒。

可是，這哪裡是烏雲了？

這是黑狗，那隻恐怖又該死的大黑狗啊！

「媽啊，你這隻……」土撥鼠雙手離開了木門，慢慢轉身，嘴角張大，死前最後的乾啞。「妖怪！」

妖怪。

沒錯！只有妖怪兩字，才足以形容這隻黑狗的狡猾與兇猛，竟然不選擇撞門，而從土撥鼠背後的矮牆進攻。

超高智商，加上野獸的猛力，這樣的生物，不叫做妖怪叫做什麼？

土撥鼠忽然明白，自己死了。

是的，廁所這狹窄空間內，他根本連逃走的機會都沒有，他死了，死定了。

「死了。」土撥鼠苦笑，然後，一陣如巨浪般的撞擊，從矮牆上一躍而下，撞上了他的身體。

破碎，土撥鼠的身體在瞬間被一排的利齒，給拉到支離破碎。

一直到死前，土撥鼠都無法理解。

為什麼？為什麼這隻狗會這麼厲害？這世界上，竟然有這麼恐怖的狗，為什麼？

不過，土撥鼠在死前，在意識崩潰之前，卻意外的見到了一項美麗的事物。

一抹淡淡的弦月。

就在，黑狗火焰長毛的胸口。

□

土撥鼠倒下前，他腦海中想起一個問題。

「剛剛殺死夜行龍的黑狗，胸口有這抹白月嗎？有嗎？」

公園，三號森林。

鈴學姊眾人，此刻正遭遇他們從未想過的一場慘烈戰役。

「為什麼？」第一個倒下的警察，他的雙腳被幾隻大狗拖入了森林深處，他不斷掙扎，卻難逃成為食物的厄運。「為什麼，狗會變得這麼恐怖？這些狗究竟是怎麼回事？」

第二個倒下的警察，則是被一隻大狗撞倒，然後他還來不及爬起來，就被如浪潮般的流浪狗給淹沒，幾分鐘後，他全身佈滿凌厲咬痕，失血過多的他，腦海卻也想著同樣的問題……「為什麼？什麼時候，公園裡面竟然有這麼多流浪狗？」

第三個警察更慘，他的鼠蹊部被一頭小狐狸狗咬住，痛得他渾身無力，當他用盡全力敲下了這隻瘋狗，他眼前，出現了另一隻狗。

巨大，灰色短毛，臉上佈滿皺褶，嘴裡淌著黏稠的唾液。

是任何逃亡者一見就怕的邪惡兇獸。

這，真的是狗嗎？

還是惡夢中才會出現的地獄看門犬，賽伯魯斯？

然後，第三個警察就被這隻狗給撞倒，接著脖子的血管被咬斷，帶著滿腦的疑惑斷氣。

「什麼時候，我們人類丟了這麼多狗？什麼時候，我們人類為了滿足自己的需求，做了多該死的事？」

更可怕的是，當這隻醜惡的大型狗，咬斷了第三個警察的動脈，牠慢慢的回頭，尋找下一個獵物。

在一片人狗混戰中，有一個人鶴立雞群，以壓倒性的姿態，擊退一波又一波的群犬猛攻。

她，體型雖然嬌小，可是動作比狗還迅捷。

她，拳頭雖小，可是專打要害，每拳揮出，都讓狗再也無法站起來傷人。

她攻擊雖猛，進退雖速，儀態缺不失優美，身影宛如孔雀輕啄，力道卻強如猛虎出柙。

她，是鈴學姊。

她就是曾經在撞球店屢次擊敗阿山的女孩。

女孩的動作引來大灰狗的注意，牠露出獠牙，一種渴望最強挑戰者的直覺，讓牠四肢動了起來，而且越動越快，幾乎已經是瘋狂衝刺的狀態。

牠，張開嘴，口水混著剛才警察的鮮血，飛濺。

如同一座大山，翻江倒海，直衝向鈴學姊。

「鈴！小心！」一旁的小言見狀，急忙出言示警。「妳背後有隻大狗！」

鈴一轉頭，立刻倒吸了一口涼氣。

「媽啊，這是什麼狗啊？好大好兇啊！」一直到此刻，鈴才終於拿起了槍，對準了眼前的獵物。

之前不用槍，是因為狗數目太多，她不願浪費子彈，但是此刻，可以說是非用不可了。

非用不可了。

□

砰！

槍聲起，煙硝味四散。

鈴的槍法沒有失準，她一槍打中了這隻大狗的左前腿，原本預期的是，大狗會失去重心，摔成動彈不得的殘廢犬。

可是，沒想到，這隻狗似乎不把這小小的一顆子彈當一回事。

牠四肢仍在奔馳，除了左前腿稍微跛了，可是卻仍阻止不了牠的瘋性。

而且，牠已經逼近鈴不到三十公尺了。

「鈴，小心！」小言在一旁怒吼著，「牠是菲勒！該死的，牠是巴西菲勒！」

「菲勒？」鈴露出疑惑的表情，手再度舉起，瞄準衝刺過來的巨大猛犬。

菲勒，已經距離鈴學姊不到二十公尺了。

「巴西的狩獵犬，完全由人工培育，是人類創造的惡魔，因為，牠狩獵的不是野獸……」小言也舉出了槍，比起鈴學姊的九釐米槍，小言手上這支槍，則是具有將樹幹轟破一個洞能力的步槍M4。

「那牠狩獵的是什麼？」

猛犬，轉眼就要進入十公尺。

十公尺，那是獵人最佳的攻擊時機，因為獵物任何要害都完全暴露在面前，卻也是獵人可能被獵物反撲的危險時刻。

「牠是巴西政府培育來專門捕獵『奴隸』的狗，換句話說，牠狩獵的是……」小言右眼透過準心，狠狠對中了菲勒的腦袋。「是人。」

一隻以「人」為獵物的猛犬？

「Fire！」鈴學姊怒吼，手上的九釐米子彈匣著螺旋軌道，射出。

小言的M4，同時爆出一聲低沉而短暫的火石撞擊聲。

可是，菲勒就在這時候躍起，如同黑夜魔神，驚險避開了兩人的子彈。

「躲掉了！」鈴學姊叫道。

「糟糕，這隻狗知道槍的危險！」小言尖叫，一拉保險桿，彈殼噴出，同時讓第二發子彈自動上膛。

只是，當小言準備第二次舉起M4之際，忽然，他察覺了什麼，低下頭，看著自己的腰際……

……

鈴在此刻，仰起頭，看著這隻高高在空中，即將躍下的魔犬菲勒，她的嘴角，卻莫名其妙的笑了。

「好傢伙啊！」

身體血液中，高手對決的本能蠢動，讓鈴忍不住微笑起來。

「掰掰。」鈴另一隻手舉起，這是無負雙槍威名的鈴學姊，的第二支槍。

而且，這次的子彈，是瞄準動物最弱的腹部，菲勒在空中所露出的柔軟腹部，所有內臟都包裹的腹部。

砰！

子彈與空氣摩擦時，發出的尖銳聲音，貫穿了夜。

槍響過去，菲勒的身體離鈴學姊越來越近，滿嘴腥羶血齒，眼看就要把鈴的臉整個吞噬。

可是，鈴沒動。

因為她相信，她比誰都相信，自己的槍法。

菲勒的嘴，就在要吞入鈴學姊的那一刹那，戛然而止。

然後，菲勒的肚子忽然湧出大量血漿，摔倒，扭動，停緩，最後不動了。

「呼。」鈴閉上眼睛，用力地吐出一口氣。「小言，我猜這隻菲勒，應該就是狗群們的領袖了，不然哪來這麼難纏的狗啊，不過……贏了。」

「我們贏了，對吧，小言。」鈴學姊睜開眼睛，微笑，「這些狗失去了領袖，馬上就是樹倒猢猻散了，小言……」

「對吧，小言……？」

「小言……」

「小……」

這一剎那，鈴學姊驚覺回頭。

她看見了小言，這個和她同事數年，個性活潑，雖然嘴巴賤了點，對民眾壞了點，卻不失為一個好人的小言。

他的身體，冷硬的躺在一隻狗爪的下面。

鈴學姊的瞳孔，在黑暗中收聚對焦，沿著狗爪慢慢的往上看去。

她看到了這一團如黑色火焰般的巨大黑犬。

忽然間，鈴有些懂了。

「小言，我們失算了……」鈴學姊眼眶紅了。「原來，這隻，才是狗王，真正的狗王現在才登場啊。」

chapter 11

鈴的夢

鈴，她也曾經有個浪漫的夢。

在當上警察前，她原本想當一名歌手，她喜愛唱歌，喜愛當自己閉上眼睛，讓丹田和鼻腔共鳴所產生的美妙音符，帶她進入另外一個曼妙世界。

可是，就在她十三歲那個還在作夢的年紀，她的父親就離開了人間。

而且原因不是生病，不是車禍意外，而是所謂無聊的正義。

那天她父親正在路旁散步，忽然看到一名婦女被年輕男子搶劫，充滿正義感的父親，毫不遲疑當場追了上去。

追沒幾步，鈴的父親和搶劫犯立刻扭打起來，父親雖然沒練過什麼武術，卻仗著打過橄欖球的好身材，將對方撲倒在地上。

幾拳下去，搶劫犯鼻青臉腫，把包包給還了出來。

鈴的父親教訓了搶劫犯幾句，拿起包包，轉身就要還給那名被搶劫的婦女。

可是，鈴的父親畢竟沒有受過專業的抓匪訓練，更缺乏真正的實戰經驗，當他認為自己貫徹了自己正義感的同時……

他發現，他眼前那個婦女，表情變了，正比著鈴父親的背後，死命的尖叫著。

鈴父親詫異回頭，他看見了那名搶劫犯手上的東西。

是，槍。

一把足以殺死無辜生靈，足以橫行整個城市的兇險機械。

「你認為，你打得中我？」鈴父親的聲音凜然，「你太低估我的身手了吧？」

「我，是打不中，你。」搶犯露出怪異而得意的笑容，就這樣指著路旁那個還在尖叫的婦女。

「但，我打得中她。」

搶劫犯的槍滿臉殺氣，深黑的眼眶和錯亂的說話方式，都在在說明著，鈴父親有多麼危險。

「啊。」鈴父親深深吸了一口氣，雙手張開，試圖安撫搶劫犯的情緒。「不要衝動，不要衝動，你想清楚你開槍之後的結果，你搶劫我不會報警，你可以安全的離開。」

「離去，哼，哈，你知道，我、我最恨什麼嗎？」搶劫犯的手正在顫抖，顯示他的精神此刻是多麼不穩定。

「什麼？」

「像你這樣自以為是的正義人士，我小時候養過一隻狗，叫做阿黃，我爸很討厭牠，常不給牠食物，有次我和阿黃都餓壞了，所以我在商店內，偷了一包餅乾。」搶犯的槍對準著那婦女，婦女則是不斷尖叫。

「嗯。」父親試圖沉住氣，在這片紛擾和緊湊的氣氛中，找到幾許的冷靜。

「只有一包餅乾而已喔，結果，結果，有一個自以為是的混蛋，竟然就抓了我，拎我到老闆面前，還拉我去警局……」搶犯的表情戾氣越來越重！「那天，我老爸哭著打了我，他說他一輩子窮，窮得有骨氣，我反嘴，『你的骨氣快要讓全家餓死了！』結果，他做了什麼你知道嗎？他要揍我，而阿黃衝過來救我，就這樣，老爸一腳踢開阿黃，沒想到那一腳，踢得太重，竟然讓阿黃的內臟受了傷。」

「……」鈴的父親正在慢慢往搶劫犯靠近，他的右手悄悄往前伸，他想要賭，他那受過橄欖球接球訓練的靈敏右手，可以在最後一刻抓下搶犯的槍，把這一切危機弭平。

「我永遠記得那天夜裡，阿黃在門口的哀號聲，我沒錢，沒辦法帶阿黃去看醫生，我只能不斷從門縫中看著阿黃的眼神，那絕望而哀憐的眼神，阿黃嚎了一整晚，終於，阿黃沒撐過早上，死了，從此我恨透了我爸，恨透了這個世界，但是，一直遇到你，我才發現自己原來真正恨的……」

搶犯仍自顧自的說著，眼神迷濛，這是一雙吸過毒品的雙眼。

而鈴父親的右手，則又悄悄的靠近了三公尺。

搶犯手上的槍，已經在父親右手的守備範圍之內。

「我最恨的，就是那個，愛管閒事的人，如果沒有他，我偷東西就不會被發現，我父親就不會揍我，我就不會被瞧不起，我恨的，就是你這種人，你想當正義使者？我絕對……」搶犯發出怪異的低嚎，雙眼射出懊恨的眼神，槍管直直對準那個害怕的婦人。「我絕對會讓你後悔！」

我絕對，會讓你後悔！

當搶犯說出最後一句話，眼神中積藏的恨意，如火山噴發，而他的手指頭，也在這時候，對著扳機扣了下去。

「混蛋！」鈴的父親怒吼，剎那，他的右手也竄了出去。

這一秒，鈴父親彷彿回到了他最熟悉也最喜愛的橄欖球場，在快速交錯奔馳的人影中，父親伸出右手，想要撈住隊友的穿越傳球，那穿越重重敵人的橄欖球。

每次，當鈴父親的指尖碰到橄欖球，那一毫秒，他總有一種，時間完全暫停的感覺。

彷彿周圍一切都已化為無聲的電影，球場無聲了，台灣靜止了，整個地球上的人安靜了。

只剩下自己的指尖，還有，距離指尖只有零點零一公分的那顆球。

然後，當時間重新回歸轉動，聲音重新湧回耳膜，鈴的父親，總能聽到整場的歡呼，因為，所有觀眾都為他這次漂亮的接球，瘋狂的起立鼓掌。

只是，當這一次，當鈴父親的手往前試圖去捉住搶犯的手槍，而時間再度重新轉動的時候。

鈴的父親，卻沒有聽到他熟悉的歡呼聲。

取而代之的，卻是死寂。

不祥的死寂。

「啊……」鈴的父親慢慢低下了頭，看見自己腹部出現一個細小的紅點，然後紅點開始擴大……再擴大……

「受到報應了吧，混蛋，愛管閒事的人……」搶犯嘴角流下一絲唾液，「嘻嘻，我終於替阿黃報仇……」

可是，搶犯只笑了幾句，忽然臉色大變，看著鈴父親的眼睛，開始尖叫。

「啊……你、你這混蛋，不要，不要用那種眼神看我！」

鈴的父親只覺得肚子的鮮血不斷湧出，全身陷入一片虛浮，彷彿體內的生命力正一點一滴的隨著血液被抽走。

而鈴的父親唯一能做的，只是用一雙眼睛看著眼前的這個搶犯。

這人吸毒，這人搶劫，甚至殺人。

可是，這混蛋卻忘不了三十年前的一隻狗，一隻為自己而死的狗。

這樣的人，究竟是好人？還是壞人？

「不要，不要用那種眼神看我！你的眼神和阿黃一模一樣啊！」搶犯的雙手不斷在臉上揮舞，想要遮住自己的臉，「為什麼，你和阿黃的眼神一樣，都是憐憫，都是悲傷，都是這樣看著我，我是壞人，我是偷了東西，我是壞孩子，我是殺了人，可是，求求你們不要這樣看我，不要……不要……」

搶犯跪了下來，剛剛還耀武揚威的手槍，重重的扔在地上。

「不要……不要用那種憐憫，想救我的眼神看我，求求，求求你們……」

「求求……」

「不要，不要覺得我還有救。」這是，搶犯跪下後，說過的最後一句話。「不要……」

當警察和救護車接到通知趕來現場的時候，鈴父親胸口的那片血，已經染紅了整件衣服，半倒在地上。

而搶犯則跪在地上，如同一隻悲傷的蝦子，把身體彎曲到極限，彷彿在跟鈴父親跪拜。

鈴父親的手中，用血寫下給自己女兒的一句話。

這段話卻也是他留給鈴的最後一句話。

「**跟鈴說，我愛她。**」

□

鈴後來加入了警校，她放下所有的夢想，在一夜間長大成人，從一個嚮往明星生活的小公主，瞬間變成了剛毅勇敢的警校女學生。

只是，這樣一夜間的長大，很痛。

痛的鈴無法不去恨自己的父親，當初為什麼要為一個可悲的搶匪而葬送性命？

什麼狗屁正義？什麼狗屁犧牲？為什麼我沒辦法像其他的孩子一樣，擁有一個正常而美好的生活？

為什麼？

異常的家庭環境養成了鈴孤僻的性格，她在警校沒談過戀愛，卻苦練一身體術和槍法，更以雙槍名揚警校，連射擊教官都對她讚譽有加。

但，鈴的內心依然有恨，恨的是她生命中少了父親的那塊空白。

直到，某天當鈴走過台中市的鬧區，她發現裡面有家店有群少年仔正在打群架，不想管事的鈴，原本想要掉頭就走，卻在玻璃窗外，看到了一個令她駐足的畫面。

槍！又是槍！

一個疑似吸毒的黑道男子，正舉著槍，對著對方一名少年。

這一剎那，鈴的腳步停了，她的腦海彷彿倒帶了數千個日子，那一天，父親就是這樣被吸毒犯拿著槍對準頭的嗎？

玻璃的後方，另一個壯碩的少年奮不顧身往前衝，矯健的身手越過眾人，毫無畏懼的想要抓住眼前那把槍。

他想要救人，他想要救夥伴？他不要命了嗎？

「父親，」鈴靜靜的看著玻璃內無聲而暴力的景象，內心的問號卻如驚濤駭浪般洶湧，「你當初，也是選擇正面迎擊，而不是轉身就跑嗎？」

玻璃窗內，小混混的嘴裡尖叫，手上的槍不斷晃動，只要受到半點刺激，槍管就會射出火藥，這片混亂擁擠的人群中，絕對有個人會倒下。

倒下的那個人，不用懷疑，就是那個衝上去想要拯救朋友的人。

鈴發現自己的手，在玻璃窗後頭，慢慢的握緊了。

再握緊。

父親，你是故意讓我看到這一幕嗎？

鈴嘴角揚起一抹難以分辨的微笑，然後，她舉起了一直掛在身後的警棍。

「我不要當正義使者，父親……」鈴的棍子橫過天空，乒瑯一聲，敲碎了眼前一大片玻璃。

「我，其實，只想再見你一次而已。」

然後，玻璃像是蜘蛛網般，瞬間陷落，爆裂。

鈴的棍子，順勢穿過了一片晶亮如雨的玻璃碎片之中，像是一道疾射而出的羽箭，直貫向那拿槍混混的右手。

然後，就在所有人驚嘆的同時，

鈴靈巧的身形，已經衝向了那個打算救人的少年面前，迎面就是一拳。

少年踉蹌後退的同時，鈴的拳頭舉起，做出迎戰的姿勢。

「你想當正義使者是吧？」鈴嘴角是一抹不容易察覺的微笑。「就先好好培養自己的實力吧，太輕易就死掉，會讓掛念你的人，很傷心的。」

「吼！」少年發狂的衝向鈴。

可惜，鈴的右拳快了一步，破入少年的左臉，鈴更進一步借力使力，讓少年硬是轉了半圈，狠狠摔在地上。

「再來！」少年怒吼，從地板上蹦起。

「來啊。」鈴微笑，這次她的左拳橫掃，少年摔倒。

當鈴離開了那家撞球場，她右耳的耳環被少年給扯下，但是，那個晚上，卻是鈴失去父親以來，第一次含著眼淚，微笑睡著。

因為鈴夢見了自己的父親。

而且這是這麼長的時間以來，第一次鈴的父親是在微笑。

□

叮咚。

便利商店的自動門開啟，雪慢慢的走進了商店裡頭。

「歡迎光臨。」店員是一名黑壯的男孩，他神采奕奕的大喊。

「呵呵，今晚很有精神啊。」雪微笑，臉上仍殘存著一些大病初癒的疲憊。雪，可是在一個月前，以身為母親最偉大的意志力，生下了她最寶貝的女兒。

「謝謝，雪姊姊。」店員說，「現在身體好些了嗎？小寶貝還健康嗎？」

「我家小寶貝現在已經出保溫箱了，肚子餓的時候哭得可響亮了。」雪回以溫暖笑容。「謝謝你的關心啊，黑豬。」

「啊！」黑豬搔了搔腦袋。「雪姊姊還記得我名字？」

「當然啊，便利商店就像以前的柑仔店，你們這些店員，就像自己的弟弟妹妹一樣。」雪走到冰櫃前面，挑選著鮮奶。「今天又值夜班，很辛苦吧？」

「還好啦，習慣了。」黑豬說到這裡，忍不住抬頭往外頭望去。「雪姊姊，牠沒跟來嗎？」

「牠？」

「就是那隻又大又猛毛又長的黑色狗啊。」黑豬還在往門外張望。「我從沒看過這麼兇猛的狗欸。」

「你說月？」雪微笑，「牠啊，這會又不知道跑哪去了。」

「牠的名字叫做月啊？」黑豬好像想到了什麼，搔搔腦袋，事實上卻什麼都沒有想起來。「牠會自己亂跑？」

「有時候啦。」雪拿著鮮奶，走到了櫃台。「而且常會帶一些莫名的傷回來。」

「哇！」黑豬用紅外線刷過鮮奶的條碼。「月這麼強壯，這裡還有其他的動物可以傷害月啊？」

「我也不知道囉。」雪付帳，然後拿起鮮奶，「我啊，是真的管不住牠，只希望我的寶貝女兒，長大以後不要像月這麼又野又神祕就好囉。」

「呵呵，每個孩子進入了青少年，可能都會更野更神祕啊。」黑豬把鮮奶遞回給雪。

「嘻。也許，這也就是當父母親的成就感吧。」雪對黑豬揮了揮手，靠近玻璃自動門，讓紅外線感應她的存在，然後叮咚一聲，門開了。

黑豬目送著雪的背影離開，他喃喃自語著。

「月……猛犬……好像聽誰說過，她想要把狗命名為月？」黑豬歪頭想了一下，聳肩，「算了，趁沒客人，去小房間整理一下貨品吧。」

不過，就在這時候，黑豬看到了門外有個影子晃過。

黑豬內心猛然一跳，打開自動門，這次卻沒見到半隻鬼，只是一隻灰色短毛的大母狗，正對著他吐著舌頭。

「哎啊，是狗啊。」黑豬搖頭，從口袋隨便掏了一塊肉乾扔在這隻狗的面前，「不是鬼啊。」

母狗似乎相當飢餓，低頭舔起了肉乾，而牠的腹部更因為這個動作而清楚的隆起。

這時，黑豬才猛然察覺到，「懷孕啦，這隻狗懷孕了。」

灰狗吃完了肉乾，就悄悄的溜進了黑暗。

只留下一個看似毫無關連的小片段而已。

□

公園，三號森林。

所有的狗都停止吠叫，此刻，是一片純然而肅殺的氣氛。

因為，所有的警察都已經倒下，成為野狗們今晚難得的大餐。

警察們經過鍛鍊結實的肥肉，豐厚的咬勁，更讓野狗群啃得是津津有味。

而所有的狗卻都知道，最後一個才倒下的獵物，往往才是頂級的美味，因為越是無可挑剔的美食，越是難纏。

而鈴學姊，正是這樣一道大餐。

精悍的身體沒有半絲贅肉，卻仍保有女性身體的柔美與滑嫩，她是最威悍的獵物，也是最可怕的獵人。

只是，此時此刻，就算所有的流浪狗都看著鈴學姊流口水，卻沒有一隻狗敢妄動，甚至連一聲輕浮的吠叫都沒有發出。

因為牠們知道，越是頂級的食物，越該獻給真正的王者。

大黑狗。

一嘴咬斷十大通緝要犯夜行龍的咽喉，又佈下這個殺陣，把數十名經驗老道的刑警，給一網打盡，牠是黑狗，是真正當之無愧的狗王。

「你是狗王？」鈴學姊右手握住手槍，瞄準眼前這隻巨大的野獸。「就是你，殺了小言？殺了夜行龍？」

「吼嗚……」大黑狗身體姿態放低，嘴裡發出恐嚇的低嗚聲。

「你既然是狗王，只要打死你，這群流浪狗就會散了吧？」鈴學姊眼睛瞇起，倏然，手上的槍一晃，一發子彈就這樣隨手射了出去。

這發子彈來得毫無徵兆，無聲無息，正是鈴學姊在警校學到的絕招之一。

敵人只要一個掉以輕心，馬上就是飲彈重傷。

可惜，這次鈴學姊的敵人不是一個「人」，而是一隻反應比人類快上數倍的猛犬之王。

牠巨大的身體，一個靈巧的躍起，就避過了這發子彈。

而且，黑狗的腳趾才剛剛落地，後腳在地上微微一撐，立刻化作迅捷無比的黑色流星，對鈴學姊狠撲而來。

「好樣的！」鈴學姊順勢往後跳去，她的姿態優美，宛如夜空的曼妙花朵盛開，此舉拉開了她和黑狗的距離。

而且，就在鈴學姊飛身後退的同時，她的手再度舉起，瞄準。

一發子彈，再度射向眼前黑狗。

這一招攻守兼備，一方便可以逼退正撲來的猛狗，一方面又替鈴學姊爭取了短暫的迴避時間。

黑狗低吟了一聲，身體降下，被迫停止往前撲擊，只是這隻黑狗動作實在太快，雙腳才剛落地，身體一個迴旋，又再度對鈴學姊發動攻擊。

黑狗的這一撲，又再度把鈴學姊往後逼去。

於是，一人一狗，就這樣不斷攻擊與後退，來回交手，可是，卻誰也傷不了誰……

直到，鈴學姊射出了第六發子彈。

戰局終於出現了變化。

因為，鈴忽然發現，她的肩膀抵住了一個堅硬而粗糙的物體。

一回頭，她的背後，竟是一棵巨大的樹木，這是公園中最大的一株老樹，聳立在三號森林的最深處，它經歷了百年的枯榮，看盡了數十年來人類養狗棄狗的貪婪歷史。

而且，它還成為唯一的見證人，見證大自然以一群流浪狗對人類進行險惡反撲。

當鈴學姊的背頂上了老樹，這一剎那，她腦海轉過一個念頭，立刻讓她的背脊浸在一大片冷汗之中。

「後面，已經沒有路了？」

如同巨牆般的老樹，還有早就等在一旁，虎視眈眈的餓狗們，忽然間，鈴明白了，這一切，都是大黑狗的計謀。

目的，只為了逼鈴到絕路。

更何況，鈴右手的這支槍，已經用盡六發子彈，一發子彈都沒有剩下了。

「狗王，當真是狗王，夜行龍不會就是這樣死在你手下的吧？」鈴苦笑搖頭。「如果真的是這樣，那就真的非殺你不可了……不然，等你有天離開了公園，絕對是整個台中市的大禍了。」

「但是，有點奇怪啊。」鈴的腦海中，卻在瞬間升起另一個疑問。

這隻黑狗假若真的這麼厲害，為什麼選擇安靜的待在公園內？像是一隻蜘蛛般張網等待食物？牠有這麼多的手下，又擁有遠超過一隻動物的智商，要衝出公園應該不是難事才對啊……

難道，牠有什麼非待在這裡的原因？

或者是，有什麼力量讓牠離不開公園？

「如果，你會說話，也許會給我一個答案吧。」鈴說到這裡，臉上浮現慎重的表情，因為她發現，眼前的黑狗動作變了。

牠不再與鈴保持距離，巨大身體從黑暗中，一點一點浮現了出來，如同火焰般的長毛，在黑暗中抖動著。

牠慵懶的腳步每往前踩一步，就是一股可怕的壓迫感，鋪天蓋地而來。

「你啊，」鈴昂起頭，冷冷的看著黑狗，「算準了我槍裡面沒有子彈，也沒時間換彈匣，所以悠閒的走出來了嗎？」

「吼。」黑狗越走越近，巨大的身體，已經距離鈴不到三公尺了。

這個距離，如果鈴的手上有槍，就是足以分出勝負的距離了。

「你，真的夠膽。」鈴笑了。「因為你不知道我的綽號。」

三公尺。

然後，黑狗的嘴巴張開了，兩排滴著沾血唾液的利齒，就這樣毫無遮掩的展示在鈴的面前。

只要黑狗往前一躍，這兩排牙齒，絕對足夠把鈴給撕成兩半。

「我在警界有一個人人皆知的綽號，那就是……」鈴冷笑，左手伸進了腰際，第二把槍陡然現身。「雙槍女俠啊！」

這剎那，鈴左手倏然伸起，扳機，毫無猶豫的扣下。

而黑狗也發現，敵人不但還有反擊的力量，還是一把足以將戰局完全翻轉的致命兇器。

所以，黑狗再也不遲疑，低沉咆哮震盪此刻緊迫的空氣，牠強壯如鋼鐵的四足，先凝住力量後釋放，暴然前衝。

鈴，與黑狗。

槍，與牙齒。

手指的扳機，與王者黑狗的全力衝刺。

這一瞬間，鏖戰了整個晚上的苦戰，都將分出勝負。

都將，分出勝負。

□

黑暗中，電光石火交錯的瞬間後。

此刻的鈴，反而安詳的閉上了眼睛，想像自己正在一片吹著微風的夏日草原上。

只有這一刻，她知道自己可以放肆的想念。

想念朝老大，想念那個永遠站在自己前方的強壯背影，鈴才發現，自己更想念父親。

鈴比誰都清楚，也許她不是真的喜歡朝老大，只是喜歡那像極了父親的強壯背影。

原來，自己從來都沒有恨過父親。

那個為了正義而死去的男人，他打過橄欖球的壯碩肩膀，他笑起了比誰都豪爽的聲音，他把鈴高高舉起的模樣，陽光下，父親雪白的牙齒和黝黑的古銅色皮膚。

還有，當鈴跌倒的時候，父親總會蹲下身子，溫暖寬厚的摸著鈴的頭，「跌倒了嗎？來，爸拔背妳。」

這剎那，鈴把朝老大和父親，一同放進了心中，用力想念著。

因為她知道，就在她生命僅存的幾秒鐘，深刻的想念，是她最後的葬魂曲。

葬魂曲，是因為她輸了。

是的，她輸給了這一隻狗王。

代價，就是自己的生命。

□

公園。三號森林。

所有的狗都在這一秒鐘，停止了吠叫。

牠們用崇敬的姿態，安靜的等待著他們的狗王，將最後一個敵人咬死，完成今晚罕見的大規模戰役，以及罕見的豐富人類大餐。

可是，這隻狗王似乎沒有任何的動作，牠只是一雙深邃的藍色眼睛，靜靜的看著眼前這個倒在草地上，左手被咬斷的女刑警，鈴。

似乎，對牠來說，眼前這敵人，除了食物之外，還具有其他的意義。

那就是「可敬的對手」。

「汪。」大黑狗慢慢的低下頭，牠銳利的牙齒，嗅著鈴的身體。

鈴依然閉著眼睛，此刻的她，心神早已飛到了遙遠的朝老大，與父親的回憶之中。

就在一分鐘前，她舉起了槍和黑狗進行一場沒有任何轉圜餘地的速度對決，只可惜，黑狗太快，快到在最後一秒，利齒咬斷了鈴的左手，讓她的第二把槍失去了應有的準頭。

重傷的鈴失去左手之後，狠狠摔倒，一身傲人的武術還來不及用出來，就宣告慘敗。

也許，不依靠槍，相信自己的戰鬥武術，還有那麼一點可能去擊敗黑狗，但，一切都已經太慢了。

鈴閉著眼睛，等待著黑狗給她最後一擊，就像咬死夜行龍一樣。

chapter 12 朝老大

安靜。

周圍很安靜。

鈴安靜的等著死神降臨。

可是，意外的，死神卻遲到了。

因為，那銳利的犬牙，始終沒有穿破鈴的皮膚，咬斷她的咽喉，給她致命的最後一擊。

取而代之的，是無盡的等待，還有，不知道從何時開始，空氣出現不安定的顫動。

鈴認得這空氣顫動。

每次，當鈴綁好了跆拳服，走上比賽場地，看見那如鬼神般聳立的敵手，鈴都能感覺到空氣正在逐漸升溫、顫動，然後沸騰。

此刻的空氣，正是這樣的顫動著，這讓鈴忍不住困惑起來，戰鬥不是早就結束了嗎？勝負不是早就分出來了嗎？

為什麼……空氣的溫度還在上升？為什麼戰鬥氣氛還在持續？

於是，鈴終於忍不住，放棄了黑暗的寧靜與死前的幻想，她，睜開了眼睛。

然後，鈴看見了一幕，她從未想過的畫面。
她嘴裡喃喃的唸出了這畫面帶給她的極度震撼。
「怎麼回事？狗王竟然有兩隻？還彼此在攻擊？」

□

兩隻，狗王。
兩隻幾乎一模一樣的黑色長毛大狗，正在鈴的面前，展開狗王對狗王，犬皇帝對犬皇帝的對峙。
而當鈴慢慢從震驚中恢復，她才發現，其中一隻狗，胸口多了一片如月般的白毛，而另外一隻狗卻是純然的黑色。
若少了這片白毛，任何人都會認為這兩隻狗是雙胞胎。
為什麼，台中出現一隻狗王就已經夠誇張了，竟然還有兩隻？
而且，牠們還是敵對的？
但，鈴沒有時間去多想，因為牠忽然發現，那隻純黑的狗王甩掉了身上有月記號的黑狗，轉身朝自己撲了過來。

鈴大驚，正要後退，被咬斷的左手卻讓她痛到無法動彈，只能眼睜睜的看著……狗王夾著驚人氣勢逼近！

然後，鈴覺得身體彷彿被撕裂，騰空飛起，純黑狗王的這一下撞擊，把原本就失血過多的鈴，內臟撞成重傷……

而就在鈴昏昏欲死的情形下，另一隻身上有白毛的狗，卻攔路把鈴給叼了起來。

「你……」鈴嘴唇乾渴，卻感覺到自己彷彿凌空飛行，在這隻狗的叼咬下，離黑色狗王越來越遠……越來越遠……

□

雪回到家的時候，看到門口的景象，忍不住雙手扠腰，皺起了眉頭。

「老婆，怎麼了？」男人拉開鐵門，笑著說。

「這月啊，不是我說牠，平常時間愛去外面打架就算了，今天還特別晚回家！」雪語氣微惱。

「呵呵，妳真是把牠當作孩子在養。」男人回到客廳沙發上，拿起遙控器繼續轉台。「將來有天，我們的小女兒長大了，妳不是操心死了？」

「哼。」雪也跟著走進屋子，把鮮奶放進了冰箱中。「我會好好教她的，想想看，她也是我九死一生所生下來的，她一定會聽我的。」
「難講喔。」男人微笑搖頭。
「一定會的啦。」雪信心十足的說。
「咦？」接著，男人被眼前的電視新聞所吸引。「雪，妳看今天的晚間新聞。」
「什麼新聞？」
「那名被綁架的少女欣美，被救出來了喔！」男人音量提高，語氣興奮。「她處於驚嚇狀態，被一個資歷尚淺的警察給帶出來了。」
「喔喔，這是好事啊！」雪急忙放下鮮奶，拖鞋發出急促的聲音，跑到電視前面。「那歹徒抓到了嗎？」
「這就是奇怪的地方了。」男人的雙眼緊盯著電視，因為新聞主播的臉上沒有半點肉票被贖回的喜悅表情。「新聞說，雖然肉票被救出，但是怪事發生了。因為，包括綁匪，以及進入公園救人的數十名警察，竟然……」
「竟然？」雪問。
「竟然，」男人詫異的把臉湊向電視，「一個，都沒有出來！」
這些警察，竟然，全部都被公園給吞噬了。

□

當阿山把嚇哭的欣美交給了朝老大，一旁守候已久的記者蜂擁而上，要搶下這難得振奮的新聞。

可是，朝老大的表情卻凝重得可怕。

「阿山，怎麼會是你！？」

「報告長官，我……我原本想進去，看有沒有需要幫忙的，我沒有……違背你的命令。」在朝老大面前，阿山剛才的英雄氣概，全部煙消雲散。

「不是！我不是問你這個！」朝老大的聲音嚴峻中，有著難掩的著急。「我問的是，那鈴小言呢？你都沒有碰到？他們到哪去了？」

「啊？鈴學姊？」阿山只覺得一股涼意滲上了背脊。「他們還沒有出來？」

「她還沒有出來！可惡！我們派進去了十幾個警察，不但沒有出來，還已經失聯半個小時了。」朝老大抓起藍色的古舊手機，邁大步往公園方向走去。

「啊……」

朝老大推開湧來的麥克風，以他如獅子般的吼聲，對派駐在外頭的警察們大吼。

「所有的警察聽到，三十秒內器械上身！」朝老大雄壯的吼聲中，不知道為什麼，藏著讓人心惶的悲壯。「我們要組織救援隊，我們進去！進去把那些失蹤的夥伴……給找回來！」

這命令一下，不僅所有的警察立刻手忙腳亂的整理身上的器械，連記者們都訝異的提著麥克風。

警察要組織救援隊？

那不就表示……

「一個都沒有。」朝老大不斷往前走著，他咬牙，見慣風雨的他，此刻內心卻是翻騰的不安。「無論是警察或是歹徒，竟然，一個都沒有出來。」

「阿山！」朝老大回頭。

阿山立刻雙手貼緊褲縫，立正站好。

「你也進去。」

「是！」阿山用力回答。

「還有……」朝老大粗壯的肩膀忽然停住，像是想起什麼似的。

「是！」阿山依然用力回答。

「你把肉票活著帶回來了。」朝老大聲音中，吸了一口氣，嘴角微微上揚。「你沒辜負鈴的期待，幹得好！」

幹得好。

「謝……謝謝……長官！」這剎那，阿山忽然覺得熱意湧上了眼眶，彷彿，這些日子的窩囊都因為這句話而一掃而空。

只是，當阿山事後想起，他卻有種難以抹滅的遺憾。

因為，始終相信他，給他鼓勵，將他帶入正途，有如大姊姊般可親的鈴學姊，再也看不到了。

她，再也看不到了。

□

公園。

警察、消防隊員，以及義工們組織超過兩百人的救援隊，在天光即將破曉的時候，浩浩蕩蕩的進入了公園。

他們的線索，是朝老大收到的最後幾通求救電話。

通話內容是這樣說的……

「瘋了，牠們瘋了！這些畜生瘋了！」

「狗、狗，要小心狗！」

還有，小言死前最後一通電話。

「小心！鈴！狗王、狗王來了！」

這幾通電話，加上剛剛負傷把肉票搶救出來的阿山口述，毫無疑問的，這次台中警局的敵人，不再是黑槍、毒蟲、綁架犯，或是誤入歧途的青少年，而是一群四隻腳的畜生。

流浪狗。

這些論運動神經，論肌肉速度，論嗅覺五感，其實都在人類之上的城市野獸，終於露出了獠牙。

對善變自大，又藐視生命的人類，展開最殘暴的反抗。

朝老大親自帶隊，就算要翻遍整個公園，都要把他的人救回來，能救一個是一個。

而阿山則跟在人群的最後頭，他身上雖然有著凌亂的狗傷痕跡，仍然無法減少他想要去尋找鈴學姊的意志。

不過，當阿山將身上的裝備戴上，他卻發現自己的衣角被人輕輕拉扯著。

他轉頭，看見一張熟悉清秀的瓜子臉。

「啊，小七？」阿山微微吃驚。「妳沒回去休息？剛剛從公園中衝出來，妳應該累了吧？」

「我沒事。」小七搖頭。「我也不要回去。」

「不要回去？」

「我要跟你進去。」小七抬起頭，嘟著嘴說道。

「咦啊？」

「我要跟你進去。」小七又重複了一次，語氣是罕見的堅定。

「別傻了，小七，剛才我們怎麼從一堆餓狗中衝出來的，妳忘記了嗎？裡面很危險的。」阿山焦急的說。

「我當然記得。」小七嘟起嘴。「可是，現在人很多啊。」

「人再多，也沒有狗多，更何況公園地廣人稀，如果落單……」

「我不管！」小七跺腳。「我不管！我要去啦！」

「欸？」

「我要跟你進去，因為我懂狗。」小七看著阿山，嬌蠻的女孩儀態中，卻是比誰都還要堅定的眼神。「所以你落單之後，我可以救你。」

「哈哈，妳要救我？」阿山搔了搔頭。

「嗯。」小七點頭。

「這……」

「好嘛。」

「好吧。」阿山嘆氣，他知道，小七的外柔內剛，任性的程度不在鈴學姊之下，如果是她決定的事，恐怕要改變，是比登天還難了。

更何況，阿山知道，小七的確懂狗，如果他們即將要面對一群兇猛的狗群，有一個懂狗的人在身邊，至少多一層保障。

「走吧，朝老大已經進去了。」阿山把槍裝在後腰上，邁步前進。「我們跟在隊伍的後面，一起進公園吧。」

□

公園。

進入公園後的十分鐘，朝老大帶頭的這群人，碰到的第一隻狗，跟之前所有進入公園的人都一樣，是那隻純白色，讓人一見就憐愛的小狗，馬爾濟斯。

馬爾濟斯搖著尾巴，在朝老大附近繞著。

「朝老大，這是馬爾濟斯，小型犬。」一旁的警察對朝老大說著。「是賞玩犬，無害的，我老婆有養一隻。」

「嗯，小型犬？」朝老大家裡雖然沒養狗，可是見到這麼小的狗，也猜出牠無法直接對人類進行攻擊。

「是啊，這樣的狗，應該不是我們要找的目標。」其他的警察也附和。「我們要找的狗，至少要中大型犬以上，不然怎麼可能連小言和鈴都被幹掉？」

「嗯。」朝老大點頭。

但，他卻沒有動。

月光下，朝老大原本就比其他人還要壯上幾分的身軀，宛如一座戰神雕像，似乎沉思著什麼。

而朝老大的眼睛，沒有離開過眼前這隻馬爾濟斯，彷彿要把牠狠狠地整個看穿。

而就在朝老大的目光下，馬爾濟斯搖著尾巴，搖著搖著，忽然，就退了一步。

這隻馬爾濟斯，是曾經將黑豬的大腳視若無物，將小言的攻擊不當一回事，可是，光是面對朝老大的眼神，牠基於生物的恐懼直覺，往後退了一步。

尾巴，也不搖了。

馬爾濟斯身體開始後縮，接著，尾巴慢慢收進了雙腿之間，夾住。

因為，牠好像明白了，朝老大的眼神中，究竟想到了什麼……

「這隻狗，不是無害。」朝老大的嘴巴冷冷揚起。「牠，是哨兵，牠是群狗的前哨。」

馬爾濟斯轉身，開始想要狂奔。

開始，牠卻發現自己竟然完全無法前進，而且還逐漸升高，四條腿在空氣中拼命懸空滑動，卻分毫也不能向前。

因為，牠已經被提起來了，被朝老大的大手，給提到了空中。

「這隻狗是哨兵，這群狗懂得排哨兵！」朝老大把馬爾濟斯擺到了他的臉前。「看樣子，我們的對手，不是普通的流浪狗群啊。」

馬爾濟斯不斷扭動自己瘦小的身體，幾個月來，牠盡責的當一個哨兵，善用牠完全無害的外表，來欺騙每個走入公園的人類。

牠的任務從未失敗，總是成功的把心情放鬆的人類帶入了森林深處，成為群狗的食物。

可是，牠沒想到，自己會遇到朝老大，一個真正的人類首領。

按照牠的生物本能，草原上兩大對立的勢力的正面交鋒，如果其中一方的間諜被捕獲，毫無疑問的，肯定必死無疑。

「汪嗚～～～」馬爾濟斯的喉嚨震動，發出了垂死的哀號。

哀號如泣，深沉的黑夜迴盪著。

「好啊。」朝老大張大眼睛。「哨兵狗求救了。所以……」

「子彈上膛！」朝老大如獅吼般的聲音，震盪所有人的耳膜。「這群他媽的狗群，馬上就會出現了！」

狗群，馬上就會出現了！

□

公園。

接下來的二十秒內。這些警察們見到了，所謂的戰場。

黑暗中，草叢裡，一雙一雙映著手電筒燈光的眼睛，出現了。

到處都飄著似遠似近，群狗憤怒的低鳴。

低鳴聲不斷，此起彼落，將朝老大一行人給包圍了起來。

所有的人，都抓緊手中的武器，緊張的發抖著……卻有兩個人例外。

一個完全不怕的人，他在隊伍的最後，他是阿山，他的表情又是興奮，又是崇拜。

「小七別怕，朝老大實在是太厲害了！」

「為什麼？」小七害怕的躲在阿山的後面。「你、你怎麼不怕？」

「原來那隻馬爾濟斯一直是群狗的哨兵，牠利用自己可愛的外表，欺騙每個入侵者，然後一路通報入侵者的位置，讓群狗佈下陷阱。」阿山嘴角忍不住上揚起來。「可是，朝老大不愧是朝老大，他抓住哨兵，讓哨兵發出悲鳴，群狗被迫提早出動，現在他們已經失去了以往的地利了，我們反而佔了優勢。」

「啊，這樣說起來，朝老大破了對方的陣式，可是這麼多狗……」小七小聲說。「我還是怕怕滴。」

「不怕。」阿山低下頭，微笑。「我可是有人保護的時候，就會變強的牧羊犬哩。」

「咦？」小七困惑的看著阿山，「你說什麼？什麼牧羊犬？」

「沒事。」阿山微笑搖頭。「沒事。」

第二個完全不怕的人，則在隊伍的最前頭，他身材壯碩如灰熊，單手扛著一把重達數公斤的步槍K16。

他是朝老大，黑白兩道都畏懼三分的怪傑。

朝老大發出了令所有人精神一振的狂吼。

「把這些礙事的狗都清掉，找回我們的夥伴！」他怒吼，「攻擊！！！」

□

槍聲，密集的響徹整個公園。

夾雜著淩亂而吵雜的狗叫，這波子彈，毫不留情的殺光了第一波逼近的流浪狗們。

而且，第二批野狗還沒跟上來之前，朝老大就率先衝出去了。

「收起槍，不要誤傷自己人，接下來，我們直接抄傢伙肉搏！」朝老大一手抓住一頭滿嘴口水和獠牙的大狗，然後用力摔在一旁。

「是！」所有人同時回答，掄起武器，迎向第二波湧來的流浪狗。

朝老大下的第二個命令，果然高明，避開用子彈可能造成的流彈誤傷，採用直接重擊敵人的方式。

夾著剛才第一波大勝的氣勢，朝老大的軍團，順利的壓住了流浪狗的第二波攻勢。

超過一百個人，加上一個霸氣十足的領導者，果然威力不同凡響，朝老大抓著手上的K16槍柄，把眼前撲上來的餓犬們，一隻一隻敲昏。

忽然間，他看見了前方，一個警察被撲倒了。

而且，壓在他身上的，是一隻奇醜無比的灰黑色大狗，全身上下的皮都軟軟下垂，尤其是那張狗臉的皮膚，牠口水不斷淌下，只要一張開口，馬上就能咬掉底下警察的脖子。

「吼！」朝老大抓著槍柄，對著那隻灰黑色的狗衝了過去。

「朝隊長，小心！」遠遠的小七喊著，「我從電影中看過那隻狗，那是教父養的狗，叫做紐玻利頓！」

「什麼紐玻利頓？這麼拗口？」朝老大皺眉。

「小心！義大利黑手黨專門養這種狗，因為牠的殘忍和好吃，是黑手黨最可怕的刑具之一。」

小七大喊。「牠是非常可怕的狗！」

「什麼？就狗嘛，哪這麼多名堂？」朝老大一愣，腳下卻依然不停，已經奔到了那隻紐玻利頓的面前。

可是，朝老大並不知道這隻紐玻利頓其實是狗王底下，最強的三隻將軍之一。

第一隻波爾多，幾乎要了阿山的命，幸好阿山在剎那間展現了爆發力，一腳踢掉了這隻波爾多，卻換來阿山肚子一條銳利的傷痕。

第二隻是菲勒，牠撲擊鈴學姊，只差幾公分就要咬住鈴的頭，鈴則是仗著雙槍的絕招，趁牠鬆懈時露出腹部，在最後一刻斃於槍下。

第三隻，就是朝老大面對的這隻，紐玻利頓。

論兇殘，論貪婪，論暴力，紐玻利頓都不在前兩隻之下。

只見朝老大和紐玻利頓的距離越來越短，越來越短，眼看就要短兵相接。

所有人都屏息，空氣安靜到針落可聞。

□

可是，戰局卻在出乎所有人意料之外的狀況下，瞬間結束。

紐玻利頓的頭，就這樣埋在土裡，扭了幾下，就不動了。

而一棍將紐玻利頓擊入土裡的人，就是暴力更勝這些猛犬的怪物，朝老大。

「這狗力氣蠻大的嘛。」朝老大擦了擦額角冒出的汗珠。「想當年，我連打黑社會十幾個小混蛋，也沒流半滴汗！」

這一剎那，當朝老大以一擊之力，瞬間擊敗紐玻利頓的剎那。

所有的人類，都同時歡呼起來。

因為他們突然明白了，就算他們面對的，是有史來最兇猛的流浪狗又如何？

因為他們這邊，還有一個有史最強的警察——朝老大。

人類的士氣，在此刻，正式達到頂峰，而那些流浪狗則更加畏縮，拼命逃竄起來。

「贏了。」阿山揮警棍，把一隻飛撲過來的狗給打到一邊去。「小七，看樣子，我們贏定了。」

「咦？小七？」阿山轉頭，卻發現小七已經離開了他的身邊，慢慢的往森林走去。「小七，不要走遠啊！」

「我看見了，我看見了月，那隻胸口有月亮的大狗。」

「咦？看見了月？看見了大狗？」

小七的步伐加速，聲音著急又興奮。「我看見牠，牠又出現了，就是那隻曾經救過我們的大狗啊！」

「等等我！」阿山來不及通報朝老大一聲，就這樣在一片群狗與人類的混戰中，脫離了隊伍。

chapter 13

小七的回憶

小七還在唸國小的時候，很少見到爸爸。

因為爸爸是船員，一年三百六十五天的日子裡面，踏在土地上的時間，不到一個月。

爸爸很疼小七，每次從海上回來，總是帶回來一大包一大包的禮物，讓小七每年最期待的時光，就是爸爸回家的時候。

可是，在小七八歲那年，爸爸的禮物卻不似往常的巨大，而是一個能用手提的小籠子，籠子外面則包著一層透氣的包裝紙。

「爸拔？這是什麼？」小七摸著這禮物，忽然，禮物自己動了一下。讓小七嚇一大跳。

「這是能夠陪著小七，保護小七的好朋友。」

「啊？」

爸爸露出神祕的笑容，然後刷一聲，撕開了包裝紙。

小七先是獃住，然後忍不住興奮的尖叫起來。

因為裡面，是一隻小小黑黑，毛茸茸的小狗。

小狗的眼睛尚未完全睜開，圓滾滾的像團球，而且當牠聞到了小七的味道，興奮的猛搖尾巴。

「小狗！小狗！小狗！小狗欸！」小七興奮的蹦蹦跳跳，急著想從籠子中把小狗抱出來。

「等等。」爸爸微笑，「先幫小狗取個名字吧。」

「嗯。」小七看著小狗，牠黑色的短毛上，有一塊類似胎毛的白色區域。「Moon，我要叫牠Moon。」

「嗯，好。Moon。」爸爸露出慈祥的笑容，在黝黑的皮膚下，兩排白齒一如彎月。「要和小七當好朋友喔。」

後來，小七才知道這隻Moon是屬於犬中的德國牧羊犬。

聰明、敏銳，而忠誠，正是牧羊犬的習性。

小七的童年，和這隻德國牧羊犬是無法分開的，他們倆一人一狗，簡直就是形影不離。

在台灣的童年世界裡面，存在著一種怪異的慣例，如果一個國小班級裡面，有個小孩的父親從來不會出現在家長會，從來不會在門口接送小孩，從來不曾出現在任何小孩與老師面前……

那麼，大家都會覺得，那小孩的父親不是過世了，就是做了壞事被關進了監獄。

就算那小孩說自己父親出海，在國外工作，或者是一個瘋狂的旅行作家……都沒用！

於是，小七童年的背後，永遠充斥著這些耳語。

「小七的爸爸又沒來運動會了欸，一定是被抓去關了。」

「才不是，我媽媽說，小七她爸爸是和女人跑了，每個月還會寄錢給小七和她媽媽。」

「聽說，已經好幾個月沒寄了，她爸爸是不是死掉了啊？」

「是不是死掉了我不知道，但是聽說小七她媽沒錢付學費，還到處借錢……甚至下海……」

於是，這些誇張的流言越滾越瞎，越說越難聽。

小七那細弱肩膀上的重量，也就越來越重。她與人群脫節，孤單而沉默，連一個朋友都沒有……

在這段冷灰色歲月中，幸好，小七有Moon。

一隻強壯而勇敢的守護者。

牠沒有離開過小七，牠的存在，更無形的震懾了那些殘忍而八卦的小學生。

只是，小七和Moon的感情，卻在小七考上外縣市的台中女中，離開家之後而逐漸轉而疏離。

那時候，小七已經漸漸走出了少年的憂鬱，能學著以更光明的態度去面對人群，雖然小七本質上仍是一個獨特而沉默的女孩，事實上卻已經擁有了為數眾多的朋友。

只是，小七並沒有注意到，經過十多年的歲月，Moon已經走到了狗的老年。

原本色澤光亮的黑毛變得灰敗，原本俐落的動作變得緩慢，原本明亮的眼睛，變得深邃而憂愁。

Moon老了。

就在小七迎向她生命青春的時刻，Moon，老了。

考上大學之後，小七更因忙著社團，一個月回家不到一次，家裡剩下媽媽和退休的爸爸，以及日漸衰老的Moon。

而小七也無可避免的，不再依賴Moon，Moon也逐漸淡出了小七的生命舞台。

不過，就在小七大學一年級下學期的某一個晚上，一件特別的事情，就這樣發生了。

那天晚上，小七和幾個朋友忙社團營隊，忙到半夜兩點，等他們驚覺，天色已經太晚，小七匆匆收拾了東西，要回到宿舍。

回到宿舍的路必須經過幾條暗巷，當時時間太晚，早就沒有人跡，小七走在幾乎無光的暗巷內，禁不住加快了腳步。

只是，當小七彎過了第一個巷子，她察覺了情況不對。

她的背後，一閃而逝的，是另外一個可疑的影子。

小七感到呼吸急迫，她越走越快，幾乎已經是半跑步狀態，可是更恐怖的是，她背後的影子，竟然沒有落後的跡象，也加快速度跟了上來。

小七一口氣衝過小巷，終於，她看見了自己租房子的大門，她喘了一口氣，想從包包中掏出鑰匙。

可是，就在小七好不容易掏到了鑰匙，就要碰到大門鑰匙孔之際，一隻白皙的男子大手，就這樣摀住了小七的口鼻，接著一股強大的扯力，把小七硬是甩到了地上。
鏘鏘，小七的包包摔落，剛剛才拿出的鑰匙，在地上發出清脆的撞擊聲。
小七掙扎著從地上要爬起，想要抓住鑰匙，可是，隨即她背上被一腳踹中，讓她再度翻倒在地上。
「啊……」小七痛到眼淚直流，渾身脫力，她抬起頭，在月色下，看見了突襲她的混帳男人。
三十餘歲，一頭亂髮，膚色是少曬太陽的蒼白，臉上密密麻麻的青春痘，還有肚子那層下垂的游泳圈。
一看就知道是噁心至極的變態男子。
而且，當這男子貪婪的看著小七，他先是用力的吞了一下口水，然後，把自己褲檔的拉鍊，給慢慢拉開。
這一瞬間，小七只覺得全身墮入了冰河之中，不能自控的顫抖，怎麼會發生這種事？
她還年輕，她又沒做錯事，為什麼，老天要這樣對她？為什麼？
為什麼？為什麼？為什麼？
可是，小七帶著滿臉的淚痕，試圖做出最後抵抗，卻只能任憑那男人褲檔拉鍊越拉越低……越拉越低……
忽然，空氣中，傳來了那麼一聲。

「汪！」

男人的動作停了，他臉色是說不出的怪異，回頭看去。

狹窄、陰沉，連月光都不願意照入的暗巷之中。

多了一隻壯大且長毛的獸影。

剛才那聲充滿警告意味的吠叫，毫無疑問，正是這隻城市野獸的傑作。

「小……Moon！」小七張開嘴巴，就算此刻的月光暗沉，她還是可以一眼就認出這隻野獸的真面目。

Moon。是小七從小到大的守護神。

Moon發出怒吼，一如小七記憶中的模樣，雙腳邁開，對著這個變態男子衝了過來。

「哇！」變態男子有色無膽，見到這隻狗聲勢兇猛，拉鍊也忘記拉上就這樣頭也不回的跑了。

而剛才躺在地上的小七，看見特地來救她的Moon，則感動得幾乎要哭出來，雙手環住Moon毛茸茸的脖子，她身體仍發著抖。

「Moon！Moon！你怎麼會來這裡的？你怎麼會剛好跑這麼遠，特地來救我？！」小七閉著眼睛，她的腦海中滿是回憶，對啊，這就是她從小到大最愛的感覺，用雙手環住Moon的脖子，像是邋鞦韆一樣和Moon玩著。

而Moon的表情，跟當年一樣，就像一個嚴父遇到了頑皮的女兒，無奈中有得意和滿足。

只是小七不懂，為什麼Moon會橫跨兩個縣市，從雲林到台中的距離，出現在這暗巷中，救了她一命？

而當小七要開門走回宿舍之際，她轉過頭，看著正在門口穩穩坐著的Moon。

Moon正看著小七，牠頭微微側著，因為歲月而白濛的眼神，身上的長毛不再豐潤，顯得枯乾而灰白。

「Moon，你真的老了。」

小七發現自己的眼眶，有些溼潤。

「我無法想像，有一天，你會離開我。」

「如果我又遇到了危險，還有誰會來救我？」

Moon自然無法回答小七的疑問，牠只是安靜的看著小七，就像是看著曾經疼愛與保護的女兒，終於要長大了。

這一秒鐘，小七突然有種奇怪的預感，這一眼，會是她今生今世，最後一次見到Moon了。

那天晚上，小七才告別Moon，回到宿舍，電話就響了起來。

小七接起電話，是母親打來的。

她可以聽出母親的聲音中，有濃濃的鼻音和惋惜。

「小七，有個壞消息要跟妳說，妳聽了不要太難過喔。」

「嗯。」

「Moon，剛剛突然腎衰竭，送到醫院的時候，已經過世了。」

「嗯。」

「Moon走得真的很突然，我們來不及通知妳，不過Moon走得很安詳，妳可以放心……」

「嗯……」

「Moon啊，每天黃昏的時候，都會坐在門口前面，若有所思的看著路的那一頭，就像……是妳還在家裡的時候，每次牠都會在門口等妳放學一樣。」母親的聲音哽咽，「Moon，其實一直都掛念著妳喔。」

「嗯……我知道。」小七閉上了眼睛，眼淚滑下。「我知道。」

「小七，妳不要太難過，找個時間回來看看Moon，然後我們一起把牠火化了吧。」

「嗯，好，媽媽。」

掛斷電話，小七推開窗戶，樓下，已經沒有了Moon的身影。

再也沒有Moon每天坐在門口時候，歪著頭等待自己的畫面。

「Moon，你是特地回來救我的吧？」小七微笑，滿臉都是交錯的淚痕。「謝謝你，謝謝你還這麼牽掛我。」

謝謝你，化成靈魂還這麼牽掛我。

「掰掰。」小七眼淚不能控制的滾落，把窗台滴出了一小片水窪。「Moon，掰掰。」

那天起，小七彷彿失魂落魄般過了一段日子，花了好長的時間，才又慢慢恢復了與人群接觸的能力。

可是，小七每想到Moon，忍不住還是一陣失落與悲傷，彷彿生命中一個非常重要的朋友離開了，也帶走了自己最珍惜的一部分。

「從今天開始，每當我遇到危險，Moon就不會回來救我了喔，我要堅強。」

小七懷抱著這樣的想法，過了三個年頭，直到……

當小七擔心流浪漢周伯伯而報警，第二天的下午，圖書館的大門被人推開，一個身材高壯的年輕人，臉上是靦腆和未脫的稚氣，走了進來。

「請問，小七小姐在嗎？」這年輕人問。

「……」這一剎那，小七竟然發現自己的聲音啞住了，沒辦法發出任何聲音。

因為，這個陌生的男人，竟然讓她想起了Moon。

Moon這隻勇敢而溫柔的牧羊犬，正歪著頭，站在夕陽下門口，等著自己回來的模樣。

□

公園。

「小七！」阿山追著小七的背影，繞過殺聲四起的人狗混戰。

「我看到了，我看到了牠！」小七往前跑著。

「妳看到了什麼？」終於，阿山一手抓住了小七。「這樣很危險，妳知道嗎？」

「我看到了那隻胸口有弦月的狗。」

「啊？」

「牠看著我，牠有事情要跟我們說。」

「這……」阿山困惑了，他向來肯定小七對狗的了解，但是，小七竟然看得懂狗的眼神，會不會太神了？

「真的，我養過一隻狗，我和牠感情非常好，我知道，這隻狗有事情要跟我們說。」小七看著阿山，眼神是柔軟的請求。

「呃。」阿山吸了一口氣，看著身後人與狗的混戰，似乎已經到了尾聲。

朝老大親自領軍，果然非同凡響，人類佔了絕對的優勢。

這樣的情勢，似乎不差阿山一個人了。

「好嗎？我們跟去看看。」小七又說。

「好吧。」阿山點頭。「我們就去看看，那隻胸口有弦月的狗，到底想要告訴我們什麼事吧！」

於是他們倆脫離了人群，走進了森林深處，不一會，阿山果然就見到了那隻胸口有一弧弦月毛的大狗。

如同火焰般的黑色長毛，一雙藍色眼睛，牠就算只是安靜的蹲踞著，依然呈現出讓周圍空氣凝滯的霸氣。

小七往前走去，阿山拉住了小七。「小心！」

「我覺得，這隻狗不會傷害我們……」

「為什麼妳這麼肯定？」

「因為，」小七吐了吐舌頭，「直覺。」

「直覺？」阿山做出古怪的表情。「如果在警界，靠直覺的人早就被子彈打死了。」

「才不是，靠直覺的人都去選總統了啦。」小七扮了一個鬼臉，「咦？我看到了那隻狗的前面，好像躺著一個人。」

「真的嗎？」阿山凝神一看，果然，大黑狗的面前草地上，正橫躺著一個人。

月光朦朧，讓阿山瞧不清那人的模樣，卻隱約看見那人的左手手腕已斷，衣服溼了一大片鮮紅，而且這人身材苗條，似乎是一名女孩。

「前面的那個人，是警界的朋友嗎？」阿山試探的往前走近幾步，他對眼前這隻黑狗仍存有戒心，不敢踏入黑狗的攻擊範圍內。

「……」

「前面的朋友，」阿山又靠近了幾步。「妳是北屯分局的？還是……」

「……」那人聽到阿山的聲音，身體顫動了一下，原本仰躺的臉，轉向了阿山的方向，一個憔悴而虛弱的笑容，在她面前展了開來。「是……是阿山學弟嗎？」

「阿山？學弟？」阿山的身體震動。「所以，是學姊？是妳嗎？鈴學姊！？」

「呼呼……是啊……」鈴學姊試圖移動自己的身體，身體卻只是微微動了一下。「你……你也進來了？」

「學姊！鈴學姊！」阿山發出一聲低吼，邁步往前衝去。

就算學姊的身邊，站著這隻巨大的黑犬，阿山也義無反顧的往前衝去。

不過，黑犬果然真如小七所說，並不想傷害他們倆個，牠慢慢的起身，退了幾步，留給阿山一個安全的空間。

阿山只能對黑狗微微點頭，就衝到了學姊的面前。

只是當阿山終於看清楚學姊模樣的一剎那，他忽然覺得心裡一陣尖銳的痛楚，因為，以阿山有限的醫術經驗，他都可以輕易判斷出……

學姊，傷得很重，非常非常的重。

「學姊……」阿山的虎目泛起淚光。「我馬上帶妳去醫院，妳撐一下，我馬上叫人來，朝老大也在公園裡……」

「朝……朝老大……也來了嗎？」鈴學姊的臉上，泛起一種很特殊的表情，那是安心和遺憾的揉合體。「朝老大……呵呵……進來了……狗……狗群們……就遭殃囉……」

「是啊，朝老大好厲害，他不用槍，一棍就做掉了義大利黑手黨的狗喔。」

「真……真不愧是朝……老大……」鈴學姊微微一笑。「還好你來了……學弟……我有件事……非跟你說不可……」

「什麼事？」

「我……一直在想……這些流浪狗的狗王……明明有力量……有上千頭的手下……不怕人類……為什麼……不離開公園……為什麼？」

為什麼？

阿山愣了一下，他雖然沒有和那隻真正的狗王正面衝突，但是從這幾天晚上經歷的流浪狗大軍，他比誰都清楚，這些流浪狗的力量有多麼可怕，如果牠們闖出公園，肯定會造成一場無法想像的災難！

是啊，為什麼？為什麼牠們願意孤守公園一隅，做一群等待食物自投羅網的蜘蛛，而不是主動出擊的螳螂？

他們連人類都敢吃了，還怕什麼？

「學弟……但是……一直到剛才……我突然明白了……」

「啊？」

「狗王不是……不想出去……而是……出不去……」

「出不去？！為什麼出不去？」

「因為……咳咳……狗王有一個對手……」鈴看著阿山，蒼白的臉中，透著一絲光芒。「狗王……因為沒打贏牠……所以……沒辦法……出去！」

「啊？狗王打不贏牠？所以沒辦法出去？」

「我知道為什麼，」這時小七也走了過來，蹲在阿山的身邊，「因為，狗群就像是狼群，狼群只會服從最強的那一隻，狗王雖勇猛，可是，偏偏這附近還有一隻狗，跟狗王不相上下，所以，狗王的地位還並不穩固，對吧？」

「好聰明……的女孩……」鈴如同深夜星光般美麗的眼睛，射出了一絲似笑非笑的眼神，看著小七和阿山，「嘻嘻……阿山學弟……不錯喔……」

阿山的臉，瞬間紅了起來。「學姊，不是妳想的那樣啦。」

「學弟……千萬記住……那隻能和狗王抗衡的狗……是對付狗王的最後王牌……人可以殺散狗群……卻不一定能抓住狗王……要擊殺狗王……唯一的辦法……還是要靠狗……」學姊一口氣說到這裡，忽然猛力咳嗽了起來，身體又摔回草地上。

「學姊！」阿山急忙把學姊的身體從草地上扶了起來。

只是，這一扶，卻讓阿山的心更加糾結了。

因為他發現，學姊的身體竟然是如此冷。

這是失血過多的必然現象，學姊，已經剩下一口氣了。

「嗯……總算……」鈴學姊長長吐出了一口氣，「把我掛心的事情交代出去了……」

「學姊，妳放心！我一定會保護那隻狗，無論狗王會想什麼辦法，我都會保護那張王牌的。」

「那……那就好……」學姊看著阿山，臉上是真摯的微笑，「學弟，其實我一直很看好你……」

「嗯……」阿山垂著頭。

「你很強……尤其是你的強……是需要保護人的時候……才會顯現出來……這和我爸很像……呵呵……而且我很替你高興……你有了你想要保護的對象……」鈴學姊微笑，眼神看向一旁的小七，這一次，連小七的臉都紅了。

「學姊……謝謝妳！」阿山垂著頭，眼淚撲簌簌的滴下。「如果沒有學姊帶我進來警界，如果沒有當年學姊在撞球場那幾拳，我……我不會有今天。」

「呵呵……」鈴學姊的眼神看向了遠方，深黑色的天空中，她想起了她短短的三十幾年生命中，曾經擁有過的一切。

十歲的時候，她穿著白色的小洋裝，學著電視明星唱唱跳跳，單純夢想成為一名歌手。

十五歲的時候，父親因為救了不相關的路人而被誤殺，母親精神幾乎崩潰，這讓鈴的一輩子產生了巨大的扭轉，從此脫下華麗的夢想，走入務實的警校。

離開警校的那一年，她偶然在撞球場的玻璃窗外，看見了阿山，那個跟父親一模一樣的少年，為了救人而以身體去抵擋子彈。

鈴用警棍敲破了玻璃，救了少年阿山，而她第一次發現，原來她對父親的感情不是恨，而是想念，無比的想念。

警局中，追隨朝老大的日子，朝老大是橫霸四方的隊長，在朝老大的背影裡面，鈴找到了親切與依賴感，最後卻成為一段永遠無法說出口的感情。

鈴看著黑色的夜空，想遍了生命中的一切，許多的缺，許多的不願，許多的委屈，卻也讓她擁有了，許多意料之外的美好。

父親的勇敢、阿山的成長，以及擁有一群重要的警察夥伴。

忽然間，她感到好滿足。

此刻，她最掛心的學弟，有了要保護的目標，她用生命換來的訊息，也傳給了學弟，更何況，她把最想說的話，留在朝老大的手機裡面了。

「學弟……別哭……」鈴微笑，把阿山和小七的手拉了過來，然後放在一起。「女孩……以後……阿山如果欺負妳……記得跟我說……我會打得他……滿地找牙……」

「嗯。」小七猛點頭，受到此刻氣氛的感染，她的眼睛裡面，也是一片溼潤。

「其實很好。」鈴慢慢閉上了眼睛，「你們……真的很好……一切……都很好……」

「學姊！」阿山大吼一聲，因為他發現，一直撐在他懷裡的學姊，肌肉放鬆了。

彷彿，一股堅強而僅存的力量，正從學姊的身體裡面，一口氣抽離。

「學姊！」阿山的眼淚，浸滿了臉龐。「不要！不要！」

可是，鈴學姊卻再也沒有回應了。

黑夜中，遠處的狗吠聲已經停了，涼風徐徐，只剩下阿山一個人痛徹心肺的哭嚎聲。

「學姊……妳知道嗎？今天是朝老大第一次，第一次，誇我『幹得好』欸，妳知道嗎？妳一直擔心的小學弟，今天終於受到稱讚了，可是，妳怎麼會就這樣走了！妳叫我以後這些話要跟誰說？學姊！」阿山用力的哭吼著，彷彿要把體內所有的悲傷，都化成嘶吼給釋放出來。「學姊！」

「阿山……」小七在一旁，只能默默的垂淚。

只是，在這一片悲傷的氣氛中，那隻引來小七的黑狗「月」，牠的鼻子動了動，抬起頭，看向了這片森林的角落。

不知道何時，多了一道影子。

這影子在月光下，肩膀寬闊，比一般人多了幾分壯碩。

月沒有發出任何吠叫與警告，因為牠認出了，這個人影沒有絲毫的惡意。

因為，人影把背部靠在樹幹上，極少流淚的眼睛中，是和阿山相同的淚光。

他是朝老大，剛剛才率領眾人驅退狗群的最後一個強者。

然後，他像是想到什麼似的，把口袋中的一只藍色的舊手機，放在耳朵旁。

裡面，有一通錄音留言，是鈴在進入公園之前錄的。

留言在嘟一聲後，開始播放。

「給親愛的朝老大，我是鈴啦。

剛剛你要我打電話給自己最記掛的人，我一時之間，竟然只想到了留言給你，很糗吧，沒人可打電話，可見我人緣真的很差。嘻嘻。朝老大，我好想跟你說，你的肩膀和我記憶中的父親一模一樣喔，有時候我看著你肩膀，就會不自覺的發起呆來，我覺得啊，對一個女兒來說，最幸福的一件事，莫過於可以趴在父親寬闊的肩膀上，撒嬌到睡著。所以，朝老大，如果這真是我最後一趟任務，可不可以答應我一個請求。請將你未出生的女兒，名字中取一個『鈴』字，這樣的話，她就可以完成我的願望，盡情的趴在你的肩膀上了。

人緣很差的鈴 敬上」

「傻瓜。」朝老大閉上眼睛，始終在眼眶中停留的最後一滴眼淚，無聲落下。「妳真是一個傻瓜啊，鈴！」

chapter 14

圍獵狗王

這個驚險的夜，並沒有如預期的震動整個台中市。

幾天後，福態的台中市長，帶著慣用的親切笑容，抱著那個餘悸猶存的女孩欣美，接受一大片鎂光燈的採訪。

市長露出笑容，大大稱讚了警察的辦事能力，也惋惜許多英勇的警察，英勇的為廣大市民捐軀。

「各位市民請不要擔心，也許台灣的治安正在惡化，但是我們台中有一群英勇而偉大的警察，他們連自己的生命都不顧，會保護每個市民的安全，請放心，也請所有人一起替這些英勇的警察們，默哀三分鐘。」市長說完這句話後，對著全台中市民深深一鞠躬。

而且市長這一鞠躬，角度極為巧妙，巧妙到剛好被攝影機，捕捉到他眼中微亮的水光。

新聞播出後的十分鐘，阿山就推開朝老大的門，直直的衝了進去。

「老大！你看！那些新聞是怎麼回事！」阿山嚷著，「市長又隱瞞了事實，不把流浪狗的事情告訴整個台中市民，以後又出事怎麼辦？」

朝老大看了阿山一眼，冷靜的說：「先把門關好。」

「老大！」

「會隱瞞流浪狗的事情，市長跟我討論過，而我也同意了。」

「啊，老大！為什麼……」阿山雙手揮舞，「鈴學姊他們這麼拼了一條命，就是要把流浪狗的事情帶出來……」

「不說流浪狗，是為了鈴他們好。」朝老大說到這裡，微微一頓，「你想想看，如果報導指出，鈴他們不是和綁架犯槍戰，而是被一群流浪狗咬死，別人會怎麼看他們？」

「嗯……」

「第一，你以為民眾會怎麼看待鈴他們？不是在槍戰中殉職，而被野狗咬死？還值得尊敬嗎？第二，這是最直接的原因，他們無法領到最優渥的撫卹金。當然還有第三點，這是市長那隻老狐狸提出來的，如果讓外縣市的人知道，台中市裡面有一隻狗王正率領一群流浪狗作惡，什麼觀光和經濟都甭玩了。」

「可是……」阿山看著朝老大，「那天晚上那麼多人，他們不說嗎？」

「基本上市長和他們都溝通過了，考慮到陣亡英雄們的後事，大家都同意三緘其口，就算他們說出來，也不是壞事，至少讓大家懂得提防野狗。」

「那，」阿山聲音上揚。「那野狗的事情就不處理了嗎？鈴學姊她用生命得到的情報，怎麼辦！？」

「我知道，你別激動。」朝老大從抽屜中，拿出一紙文件，上面是幾個藍色的大官印，表示這文件的來歷不小。

「這是一份專案的文件，任何人拿了這文件，就能行使特殊的權力，包括搜索、盤查，甚至是拘捕，當然，這些行動都必須與文件所記載的專案有關。」

「文件所記載的專案？」

「是的，這專案名為『夜犬』。」朝老大的虎目，直直的盯著阿山。「抓狗王這件事，就是這文件的專案。」

「啊……」

「而且，」朝老大起身，把文件遞到阿山面前，「這夜犬專案，我將授予你全權負責。」

「朝老大……」

「沒問題吧？」朝老大一抖手上的文件，「我相信你的能力，更相信鈴的目光，她臨死前託付的人，一定沒問題的吧？」

「報告長官。」阿山雙手接過那紙文件，用盡丹田的力量吼道。「沒有！」

「阿山，這案子，就靠你了。」朝老大看著阿山，強悍的眼神中，有著絕對的信任。「去把殺鈴的兇手，這隻狗王，給五馬分屍吧！」

當阿山踏出了朝老大的辦公室，他停下腳步，看著手上這張文件，內心不禁百感交集。

這張文件，很重。

它的重量，不只是因為它代表著擁有極大的權力，更重要的是，這文件，是鈴學姊用生命換來的。

鈴學姊死前給的最重要一個情報，那就是「狗王為什麼離不開公園？」。而鈴的答案，就在那隻胸口帶著一抹白弦月毛的黑狗「月」身上。

因為按照群狗野獸的生存法則，牠們會服從同類中最強壯的一隻。

而公園裡頭的那隻狗王，就算曾經殺了夜行龍，曾經率領群犬咬死數十名警察，甚至曾經將鈴咬到失血過多。

但，牠卻仍然不一定是月的對手。

鈴最後能把這訊息帶出來，應該就是月的功勞，也許，在狗王要咬死鈴的最後一刻，月衝了出來。

雙方一陣激戰後，月搶下了重傷的鈴，而狗王則必須回頭應付朝老大率領的人類大軍。

不過這也顯示了一件事，狗王雖然怕月，但，月也未必能完全擊敗狗王，因為如果真是這樣，月早就埋葬這隻窮凶極惡的魔犬了。

這兩隻頂級的猛犬，實力應該在伯仲之間。

也因為牠們在伯仲之間，所以，以狗王的智謀，很可能會挑出月的弱點，予以擊破。

這也是鈴最擔心的，她希望阿山能夠出手找出月的弱點，然後盡全力保護。

想到這裡，阿山又習慣的拿出自動鉛筆，按了兩下。

「接下來又回到漫長而細膩的追查過程了。」阿山吐出了一口氣，自言自語。「要先找出月到底有沒有人養？又是誰在養？從這裡著手，也許會快很多吧，只是……我到底該問誰呢？」

「我知道這問題要問誰喔。」阿山的後面，一個悅耳的女音說。

「咦？」阿山猛一回頭，張大嘴巴。「小七！妳為什麼會在這裡？妳為什麼會進到警局？」

「是你們老大找我來的啊。」小七雙手扠腰，得意的笑著。「他說，他對我印象深刻，那天晚上我提供了很多狗的情報，讓大家打狗打得很順利，所以他要我來幫你。」

「真的？」阿山抓了抓頭髮，朝老大當真這麼明察秋毫？竟然連小七在那片混亂中的吼叫，都聽在耳內？

「當然啊。」小七坐到阿山身邊。「回歸正題，我知道你要去哪裡問『月』的來歷。」

「哪裡？」

「有一種地方，可以稱得上是我們最好的鄰居，它無論晴雨日夜，二十四小時的門都為顧客開放，以前它的名字叫做柑仔店，而現在呢，它叫做……」小七微笑。「便利商店！」

「便利商店！？所以妳要找的是……」阿山一愣，忽然間，他明白小七指的是什麼了。

「沒錯，就是我們的老朋友。」小七笑，「便利商店店員，黑豬。」

□

公園外的7-11。

叮咚。

「歡迎光……咦？」黑豬的這聲歡迎光臨沒說完，就因為門外的景象，讓他吃驚到口舌打結。

走進便利商店的，是一個穿著體面的老人，還有一隻黑豬從來沒見過的大狗。

淺棕色短毛，骨架巨大，下顎的肌肉尤其驚人。

比起黑豬曾經見過的法國鬥犬波爾多，這種狗似乎也有幾分鬥犬血統，但是外表儀態上，卻更顯英氣。

該怎麼形容呢？黑豬的腦海裡面，瞬間閃過一種至兇的兵器美學。

武士刀。

沒錯，就是武士刀。

一如日本武士般強壯尊貴的大型犬，讓人望而生畏。

在黑豬的記憶中，唯一能和這狗匹敵的，可能就是雪阿姨會帶來的那隻黑色長毛狗，月。

那穿著體面的老人來到了櫃台，說了幾句不甚流利的中文。「我聽說，你這裡會在半夜聽到鬼呻吟？」

「是、是啊……」黑豬看著那隻棕色大狗，吞了吞口水，戰戰兢兢的說。

「別怕牠，牠可是土佐犬，牠家教很好，不會咬說謊的人，當然，假如你不說謊的話……嘿嘿。」老人冷笑兩聲。

「土佐犬？」

「當今世界上最強悍的鬥犬，是日本種，牠的攻擊能力在群狗中堪稱第一，在英國甚至被政府明令禁養。」

「真的……」黑豬砸了砸舌頭。心裡卻暗想，不知道雪阿姨那隻「月」如果來了，兩隻狗誰會獲勝？

「我姓薛。」老人簡單的自我介紹。「叫我薛博士就可以了。」

薛博士？不就是阿山在警局碰到的那個奇怪委託人嗎？

不過，黑豬當然不知道阿山這段經歷，他只是點頭，「嗯，你好，薛博士。」

「你聽到呻吟聲？我想，這應該是狗群的食物發出來的吧？」

「食物發出呻吟聲？」黑豬對薛博士的國語聽得一知半解。「為什麼食物會發出聲音？」

「嘿，當然是因為食物還活著啊，傻瓜。」薛博士冷笑，「不過這裡既然聽得到呻吟聲，表示離流浪狗的大本營不遠了。難道，就是這座公園嗎？」

「博士，你在說什麼？我都聽不懂……」黑豬搔了搔肥腦袋。

「那你知道前幾天晚上發生的那件事嗎？」

「前幾天晚上發生的那件事？」

「一群警察衝進公園裡面，說要逮捕綁架犯，結果全部因公殉職……哼，我看根本就不是因公殉職吧？」薛博士冷笑幾聲。

「那是……」

「被吃掉了吧。嘿嘿。」薛博士一手摸著土佐犬的頭。

「被……被吃掉了？」黑豬腦袋轟然一聲，他想起阿山也曾經說過類似的話，這座公園裡面，藏著會吃人的流浪狗，而這些流浪狗中，還有一隻號令群雄的狗王。「啊……你……」

「看你的表情，我果然沒猜錯。」薛博士伸手摸著他身邊那隻巨大的土佐犬。「而且以我對狗的認識，能夠聚集這樣大的狗群，又不互相殘殺，裡面……肯定有隻了不起的領導者！」

「啊？」黑豬訝異的看著眼前這來歷不明，卻能準確推測出所有情形的外國老人。「你……你怎麼都知道？」

「呵呵。我一輩子和猛犬為伍啊。」薛博士轉身，帶著土佐犬走向門口。「土佐啊土佐，看樣子，我們快找到你的對手了，東方神犬的子孫，肯定就在公園裡了……」

不過，就當薛博士走到了便利商店的門口，就要離開之際……

叮咚！叮咚！

一個抱著嬰兒的少婦，在此時踏進了便利商店之中。

這女人面容清秀，懷中抱著一名沉睡的女嬰，更顯得她的溫柔婉約。

她是雪，月所守護的主人。

而她和薛博士錯身而過的這一剎那，無論是雪或薛博士都是腳步一停，發出本能式的驚嘆。

雪的驚嘆，來自於薛博士身邊的那隻土佐犬。

「這隻狗，幾乎要跟月一樣大了！雖然外形不太一樣，月是長毛，這隻狗是短毛，可是……同樣讓人感到一股魄力。」雪吃驚的想著。

而薛博士的詫異，則是歸因於自己身邊那頭土佐犬。

土佐犬忽然姿態放低，目露凶光，後頸部的毛，一根根豎起。

薛博士認得牠這模樣！這是牠如臨大敵的樣子！難道……

「土佐啊土佐，你從這女人身上，聞到了什麼味道嗎？」薛博士聽到自己的心臟咚咚的跳著，「難道，東方神犬的子孫，和這女人有關？！」

雪和薛博士在玻璃門下擦身而過，兩人的腦海雖然同時升起疑問，卻沒說話，一剎那，自動門已然關上。

雪的背脊莫名發涼，她分不清楚是因為便利商店的冷氣太強？抑或，那隻土佐犬讓她感到渾身不安，她想到了……

月。

那隻土佐犬和月有關嗎？牠是衝著月來的嗎？

而薛博士卻笑了。

「這女人外表柔弱，內心卻很堅強，是敏感而充滿智慧的西藏小型獵犬。」薛博士嘴角越揚越大，那看慣殺戮的眼睛中，閃爍精光。「這種狗，是有名的靈犬，不但能聽懂經文，還能旋轉經輪，長伴西藏高僧左右……」

「既然西藏小獵犬都出現了。」薛博士摸著土佐犬的頭，「那專門守護她的藏獒，肯定就在附近了。」

□

十分鐘後，當薛博士前腳剛走，阿山這組人馬，就到了便利商店。

「嗨，黑豬。」阿山走進便利商店，順手拿了一罐飲料，放在櫃台。「最近好嗎？」

「警察大人，最近，挺……挺不錯的啊，只要不進公園，我都還不錯。」黑豬苦笑。

「嗨嗨。」這時，嬌小的小七從阿山背後探出頭來，和黑豬揮了揮手。「好久不見啦。」

「小七！？」黑豬看到美女，精神立刻大振，「妳還好嗎？變漂亮喔～～喔，我喜歡妳那件細肩帶，好看！」

這時，阿山壯碩的身軀，卻好巧不巧的剛好擋住了黑豬的視線。

「真抱歉，擋住你的視線了，黑豬，我有事情要問你。」

「欸？」

「你知道前幾天晚上公園的事情了吧？」

「是……是啊。」黑豬支支吾吾，「我是知道啦，綁架案嘛。」

「還有呢？」

「還有……台中公園裡面的流浪狗被掃除大半。」

「還有呢？」阿山繼續問。

「什麼還有？」

「你應該知道，」阿山看著黑豬，「那隻狗王，還沒有被抓到吧？」

「呃，嗯，猜得到。」黑豬抓了抓頭髮，「警察大人，你到底想問什麼？」

「我需要一個情報，而一直在便利商店的你，應該知道最多。」

「真……是受寵若驚！」黑豬嘿嘿的笑了。

「我的同僚以生命換來一個情報，」阿山聲音放低，「狗王之所以會乖乖待在公園，是因為公園外頭，還有一隻猛犬，強到狗王沒把握打贏牠。」

「公園外頭？猛犬？」黑豬的表情變了。

「是的，而且根據當晚我的印象，那隻狗有個特徵，」阿山看著黑豬，觀察著黑豬表情中細微的變化。

「什麼特徵？」黑豬的表情越來越怪異。

「牠全身黑色長毛，唯獨胸口，有一撮白毛。」阿山聲音凝重，「如同弦月的白毛。」

「啊？」這次，黑豬不只表情改變，連聲音都啞了。

「啊什麼啊？難道你知道，那隻狗在哪？」阿山皺眉。

「我……這個……嘛……」黑豬的眼睛游移，卻不是看著眼前的阿山，而是注視阿山的背後，那個正拿著一瓶鮮奶的少婦。

她不是別人，正是剛才才進到便利商店的，雪。

「我知道。警察先生。」雪插入眾人的談話，「我知道那隻狗在哪？」

「真的嗎？」阿山和小七同時轉頭，滿臉詫異，看著這位抱著嬰兒的美麗少婦。「妳怎麼會知道？」

「廢話，我當然知道。」雪臉上是古怪的微笑。「牠，可是我養的。」

chapter 15

月與狗王

公園。

牠，正安靜的躺在二號森林的深處，周圍，是一片純然的寂靜。

牠有著一身純黑色的長毛，如同獅子般威武的體型，還有一身如鋼鐵般的肌肉，牠就是人類口中，邪惡，可怕，嗜血，又詭計多端的狗王。

牠躺著，彷彿要藉著此刻的日光，洗去牠昨晚激戰遺留下的血跡和傷痕。

牠必須要思考一下，接下來該怎麼做？

因為此刻牠的手下，已經不到原本的十分之一，連牠收服的三隻猛犬，也都盡數陣亡。

這是牠成為公園群犬霸主以來，最淒涼的一刻。

這讓狗王想起，自己還是小狗的時候，曾經住過非常寒冷的高山，和自己的雙胞胎兄弟過著快樂的生活。

直到有天牠和兄弟被偷獵者用布袋包起，顛簸了千里路，甚至上了船，醒來的時候，卻發現自己正在一塊完全陌生的土地上，不只熱得嚇人，連土地的氣味都完全不同。

偷獵者把牠和兄弟賣給了一個渾身肥肉的中年男子，男子把牠們關在一大圈的欄杆裡面，和數十頭大狗關在一起，然後男子開始用鞭子和食物，訓練狗王和兄弟去和其他的狗戰鬥。

只要打贏了，就會有豐富的食物。

但，只要輸了，就是挨鞭和餓肚子。

牠不喜歡這男子的眼神，貪婪而混濁，不像牠曾經待過的高山上，那裡住著好多披著紅衣的僧人，僧人每個人身上都是舒服而寧靜的氣味，眼神更是清澈。

直到有天，那男子忽然就不見了。

牠當時並不了解，這男人是黑社會大亨，他投資的賭場被警方破獲，而他也被迫流亡到大陸去。

這些狗就這樣被困在柵欄裡面，無助的等著，有的狗甚至餓到站不起來。

終於，牠和自己的兄弟，決定朝欄杆狠撞，替自己找出一條生路。

牠和兄弟的第一下衝撞，欄杆晃動了一下。

然後牠們又撞了一次，而欄杆又晃了一下，而且幅度大了些。

再撞！欄杆再晃。

再撞！欄杆更晃。

再撞！欄杆晃動停了，懶洋洋的倒下。

這道阻擋牠們去路的欄杆終於垮了！群狗像瘋了般衝出去，飢腸轆轆的牠們只想趕快去外頭尋找食物。

整個柵欄中，反而剩下狗王和牠兄弟，牠們一點都不急躁，慢慢的踩出去，因為牠們知道，這跨出去的一腳，是多麼可貴。

這可貴的一腳，換來的是所謂的「自由」。

牠和兄弟，踏出了牢籠，卻又必須面對另一場戰爭，那就是食物爭奪戰。

牠們在台中山區裡，和群狗搶奪食物和資源，在當時，尚未成犬的牠們，沒有現在強悍與壯大，不過也在這段時間，練就了牠兇狠的戰鬥技巧。

直到有天，牠們分散了。

狗王已經忘記是什麼原因，只記得那幾天，不斷的下著雨，那是讓狗群們煩躁不安的傾盆大雨，雨勢嘩啦嘩啦不停。

雨水，不僅讓群狗們取得食物困難，更重要的是，雨水奪走了狗群賴以生存的嗅覺，讓一切行動都寸步難行。

雨下得太久，狗群們開始不斷為爭奪食物而打架，同類相殘，這場沒頭沒腦的混戰打到後來，兩兄弟就這樣分散了。

狗王不知道自己的兄弟究竟去了哪裡?不過，牠也沒有尋找的慾望，牠知道，牠們終有一天必須要分離，去尋找自己真正適合的國度。

不過，牠並不知道，那場大雨裡頭，牠兄弟就這樣走出了台中山區，又走到了台中市區，一直到台中公園附近才停下腳步，超過八十公里的漫長旅程，牠兄弟終於精疲力竭的倒在一個平凡住戶的家門外。

然後，一個名叫雪的新婚女子，在大雨中發現了牠的兄弟，並替牠兄弟取了一個溫柔的名字。

月。

月找到了自己的國度，那是一個使命，去保護脆弱而溫暖的人類。

而狗王自己，也在半個月後離開了山區，彷佛命中注定似的，牠也來到了台中公園。

只是牠和兄弟不同的，牠成為公園中千隻餓狗的王。

□

其實，狗王並沒有人類那種想要君臨天下的野心，更沒有使役別人的變態欲望，牠是狗，是野獸，牠必須成為王，只因為這牽扯到「生存」。

生存，牠吃人，也只是為了生存而已。

城市中的人類急速膨脹，奪去了所有狗群可以自由取得的食物，而且人類還不斷棄狗，讓這些狗在飢餓中淪為強盜、小偷，甚至是自相殘殺。

就像是自然界的生存法則一樣，狗群為了活下去，開始集合成團體，倒不是因為牠們喜歡聚成團隊，而是所有單獨行動的狗都餓死之後，自然只剩下團隊能夠活下來了。

當團隊越來越大，就出現了所謂的階級，最強者自然成了領袖。

莫名其妙的，牠就成為了團隊的領袖。

然後，牠所屬的團體開始和其他狗團體進行食物競爭，牠的力氣大，速度快，攻擊又兇猛，於是牠的團隊越來越強盛，消滅小的狗群，合併大的狗群。

最後，在某一天，牠忽然意識到，牠已經成為了公園中的王，上千隻流浪狗，聽命於牠。

這一切，都只是為了生存。

歷史上的亂世，總是會誕生英雄和霸主，就是這麼一回事。

只為「生存」而已。

不過，就在牠依照大自然的生存法則，準備率領手下越來越壯大的野狗群，要衝出公園，去尋找更多食物的時刻……

牠卻遇到了月。

同樣的純黑色長毛，同樣巨大的身軀，甚至同樣銳利的牙齒，同樣屬於驕傲的藏獒血統。

而狗王一見到月，一聞到月的氣味，本能的就知道，月是足以和自己匹敵的高手，而且，牠就是失散已久的兄弟。

但，狗王並沒有衝上去相認，只是那對峙的一瞬間，無論是狗王或是月，就好像明白了一件事。

命運，就是如此。

為了生存而踏上群狗頂峰的狗王，與為了保護人類而成為家犬的月。

兩個一起在母親襁褓中誕生，曾經擠在一起搶奶喝，曾經在遙遠的雪國中打滾遊戲，曾經一起被用麻布袋偷渡到台灣，曾經為了自由在一起撞倒柵欄，曾經在雨中一起浴血奮戰，曾經……

「兄弟，露出你的牙齒吧。」狗王的低鳴聲，透露著這樣的訊息。「如果你想要阻止我的話。」

「我會阻擋你。」月用巨大的身體，擋住了狗王。「兄弟，抱歉，這就是命運。」

兄弟，抱歉，這就是命運。

□

狗王安靜的躺著，牠的手下折損太多，如果人類再對公園發動第二次圍剿，後果不堪設想。

夏日的南風，吹著樹葉，發出沙沙的聲音。

狗王知道，要生存唯一的辦法，就是衝出公園，去尋找另一個食物樂園，但，要衝出公園，就必須……

必須，要親手了斷自己的兄弟。

狗王慢慢的起身，看著遠方，這群圍繞著自己，又餓又累的野狗們，牠下了一個決定。

牠走到了一株白楊樹下，用嘴巴咬下一截樹皮，然後看著白色的汁液，從受傷的樹幹上，緩緩的滴了下來。

兄弟。

狗王一咬牙，把自己胸口的長毛靠近樹幹，讓樹幹上的汁液，染白了自己胸前的長毛。

抱歉。

汁液漸漸乾涸，如同一彎倒懸的冷月。

這就是，

此刻，狗王的胸口也多了一枚如月的白色長毛，跟月一模一樣。

命運。

我們必須要面對的命運。

□

天色已經漸漸昏黃，阿山騎摩托車載著小七，一起來到了雪的家，共謀抓狗王的大計。

「老實說，這隻狗王無論是體力、攻擊力，還有智商都太高，所以我們非常需要你們月的幫忙。」

「月？」雪睜大眼睛，「我家的月有這麼厲害嗎？」

「月很厲害的。」小七在旁邊搭腔，「狗王殺了好多人，只有月能夠擋住牠，而且狗王也不一定打得贏月。」

「呵呵，沒想到我真的養出了一隻靈犬。」雪坐下，把小嬰兒放在客廳的嬰兒床上。

「雪阿姨，說到這裡，我真的很好奇。」小七說，「月是怎麼來的？牠的爸媽還在嗎？」

「牠的爸媽？我不知道。」雪看了月一眼，微笑。「月是有一天自己跑來我家的喔。」

「咦？所以月不是妳從小開始養的？」

「不是。」雪微笑，右手輕輕搖著嬰兒床。「我還記得那一天，台中下起了好大好大的雨，我和我家的男人剛結婚，突然間，我在門外發現了牠。」

「嗯。」

「牠渾身溼透了，身上還有很多大大小小的傷口，餓壞了，躺在我家的門外，動也不動。」

「嗯。」

「然後，我用一大鍋的排骨湯，把牠餵飽了。」雪閉上眼睛，感受著這段回憶暖暖的溫度。

「妳知道嗎？我長這麼大，還沒養過狗喔，甚至我小時候看到流浪狗還會哭呢，沒想到，我第一次養狗，就養這麼大隻的。」

「嗯。」

「月真是一隻很奇妙的狗。」雪說著，「牠不像一般的狗會這麼黏主人，牠很高傲，很獨立，而且常搞失蹤。」

「常搞失蹤？」

「是啊，三不五時就給牠消失一下。有時候身上還會帶著傷回來，不過牠真像古代那種沉默的男人，無論受了什麼傷，也沒聽牠哀號過，就只是安靜的喝完排骨湯，就躺回狗屋睡覺，雖然牠不愛吠，也不撒嬌，但是……」

「但是？」

「有牠在，我就一直覺得有份安全感，嘻嘻，說來奇怪，明明應該是我養牠，但是我其實很依賴牠，只要這個家還有牠，我就很安心……說起來，好像是牠在保護我似的。」

「嘻嘻，雪阿姨，妳剛說話的表情，怎麼好像在談戀愛啊？」小七笑著說。

「呵呵，人和狗的感情，原本就很像是在談戀愛啊，所以很多人都寧可養狗，而不願意和男人交往呢。」雪微笑。「不過，現在想想，月與其說是我養的狗，還不如說是我家裡的一個大孩子，母親老了，需要大孩子來保護她囉。」

「嗯。」小七歪著頭。「我懂，我能懂喔。」

「咳咳。」這時，阿山忍不住咳嗽兩聲，打斷了小七和雪的談話。「對不起，我可以切入正題了嗎？」

「哈哈。」雪和小七同時笑了起來。「好啊好啊，忘了這裡還有一個認真的警察先生了。」

「感謝。」阿山攤開事先準備好的公園地圖，表情認真。「這是我的計畫，我會在三天後，找到足夠的警力和警犬包圍公園，把所有的流浪狗一口氣逼出來。」

「喔？」雪點頭。

「由於上次綁架事件，鈴學姊和朝老大已經解決了九成的流浪狗，三隻將軍級的大狗也都被處理掉了，現在只剩下群狗的領袖狗王了。」

「嗯。」

「由於狗王的速度又快又威，一般的子彈打不中牠，如果找軍隊使用重型武器又怕傷及居民，但是不除掉牠，牠以後在別地方又聚集狗群，落地生根，恐怕又是附近居民的災難。」

「是啊。」雪點頭，聰穎的她，已經猜出阿山的想法。「所以，你想找月來幫忙，要靠牠的鼻子來追蹤狗王嗎？」

「沒錯，」阿山說，「月論速度、力氣，還有戰鬥的能力，都不遜於狗王，是目前最有可能阻止狗王逃走的王牌，更何況，月的鼻子擅長追蹤，也不怕追不到狗王。」

「嗯。」雪沉思著。「這任務不會有危險吧？」

「危險嗎？」阿山說，「我承認，是會有的，但是我跟您保證，我們警方會盡全力保護月，甚至不會等牠和狗王親自交手，就開槍制服狗王。」

「呼。」雪看著正在嬰兒床熟睡的小女兒。「我需要考慮一下，等到晚上月回來了，我再給您一個答覆好嗎？警察先生。」

「當然。」阿山點頭。「那我們就先告退啦。」

「雪阿姨，我們先走啦。」小七用力揮手。

「掰掰。」雪送他們到門口，「那我就不送了。」

當阿山和小七離開了雪的家，小七忍不住問阿山：「你覺得，雪阿姨會願意讓月出來幫我們嗎？」

「會。」阿山斬釘截鐵的說。

「咦？這麼有自信？」小七詫異。

「原因有二：第一，雪阿姨是通情達理的人，這件事牽涉到很多條人命，狗王不除，災難就永遠不會結束。」阿山目光炯炯。「第二……我想，月自己也會做出相同的選擇。」

「啊？」

「這是命運。」阿山跨上摩托車，噗的一聲，啟動了引擎。

「啊，命運？」

「無論月和狗王這兩隻狗，是否曾經是兄弟，但是當牠們一隻選擇群狗之王，與人類為敵，另一隻卻選擇進入家中，保護人類……」阿山的表情上是剛毅和憐憫。「牠們就遲早會做出抉擇，分出生死，這是命運，無法逃避的命運。」

「嗯……」

「呵呵，這只是我的直覺啦。」阿山臉上的表情放柔，把安全帽遞給了小七。「說不定，這只是我自己的感情投射啊。」

「嗯。」小七坐上摩托車，攬住阿山的腰，輕輕的嘆氣。「好可憐喔，牠們真的好可憐喔。」

「別想啦，我們出發囉。」阿山說完，右手轉動油門，摩托車，就這樣離開了雪的家。

可是，無論是阿山與小七，甚至是雪。

他們都沒有想到，真正的決戰，並不是在遙遠的三天後。

而是在今晚，以讓人意外且措手不及的方式，狂暴而戰慄的登場了！

chapter 16 最後一戰

晚上九點。

當雪要出門的時候，月卻顯得異常焦躁。

牠用嘴巴拉住雪的褲管，想要阻止雪推門離開。

「月，怎麼了？」雪蹲在月的正前方，微笑。「我不過是去買些女性用品啊。」

「汪嗚！」

平素安靜的月，用一聲罕見的低沉吠叫，回應了雪的問話。

「月，你是在擔心我嗎？」雪摸著月巨大堅硬的頭顱，眼睛瞇起。「要不然，你跟著我一起來好不好？」

月聽懂了雪的話，卻沒有立刻回應，反而牠轉過頭，看著在客廳中央的那張嬰兒床。

「啊，你在擔心你一出門，小Baby會有危險嗎？」雪笑，「放心，家裡還有男人啊，他會保護Baby的。」

「呵呵，」這時，那男人剛好從廚房中出來，手裡拿著一杯剛泡好的檸檬冰茶。「月在鬧彆扭嗎？真是有趣的狗。這裡有我啦，不用擔心。」

「好嗎，月，跟我去？」雪露出溫柔微笑，看著月。

月沉默。

牠比誰都清楚，牠這份不安究竟來自哪裡？

是空氣。

環繞在這棟屋子，這附近的每條小巷的空氣，都令月感到不安。

因為，空氣中，是另外一隻狗腥羶的氣味。

這氣息同樣屬於兇猛的大型犬，卻多了一份月從未聞過的殘暴、兇狠、好戰，及……冷血。

就連會吃人的狗王，都沒有如此令月不安的氣味。

這樣的氣味，甚至讓月想起了在台中山區的那段日子，黑道大亨用肉和鞭子，將牠們折磨成嗜殺鬥犬的那段歲月。

到底是什麼狗，正在這附近飢渴的徘徊？牠的目標是什麼？是衝著月或狗王來的嗎？

若真是如此，那單獨出門的雪，豈不是非常危險？

「汪。」月終於動了，牠搖了搖尾巴，往門外走去。

「決定要跟我一起來了嗎？這才乖嘛。」雪臉上綻放笑容，在她關上門之前，還不忘回頭叮囑她家的男人。「老公……」

「幹嘛？」男人正要走進廚房。

「要……多注意安全喔。」雪溫柔的看著男人。「月的擔心通常都很有道理。」

「呵呵，放心啦。」男人揮了揮手。「真不懂月在擔心什麼？就算這附近有會吃人的狗，也不知道怎麼開門吧？所以躲在家裡是最安全的啦，哈哈，如果真的有會開門的狗，我還想見識見識。」

「嗯。」雪歪著頭想了一下，「的確也是，但是，還是要小心啦。」

「ＯＫ。」男人咧嘴一笑，做出萬事放心的手勢。

「嗯，那我也出門囉。」說完，雪跟著在門邊等著她的月，雙雙推門離開。

當男人帶著輕鬆的微笑，逗著嬰兒的時候，他並不知道，一場驚心動魄的風暴，就要隨著這聲關門聲，悄悄的拉開序幕。

□

街角。

「汪。」

雪轉過兩個街角，她發現身後的大傢伙，腳步忽然停住了。

「月，怎麼了？」雪轉頭，眼前的畫面，卻讓她忍不住驚呼。

因為，夜色下，月身子伏低，齜牙咧嘴，表情猙獰殺氣。
而且，那是讓雪渾身發麻的猙獰。
「月？」雪從未看過月露出這麼可怕的樣子，低呼。「你……你怎麼了？」
月瞪著雪身後的巷口，牠後頸部的毛一根一根豎起，半身趴下，正是野獸伏擊敵人的模樣。
「月……那個巷口，有什麼嗎？」
雪慢慢的回過頭，才發現，地上不知道何時，多了一道影子。
影子的四條腿異常粗壯，修長壯碩的身體，淺棕色的皮毛在月光下閃爍著流線的線條。
好一隻美麗又威猛的大型犬！
只是，當美麗過去，雪忽然感受到當這隻狗往前靠近，一股君臨天下的霸氣，鋪天蓋地，沿著狹窄的小巷，湧捲而來。
「啊，啊，我看過這隻狗！」雪張大嘴巴。「在便利商店，你跟著一個老人，可是，為什麼，你現在會變得這樣可怕！？」
現在，竟然變得這樣可怕！？
「現在是現在，當時是當時，當然不同啦。」遠處，一個穿著西裝的老人正在冷笑，他藏身在雪無法看到的角落裡，自言自語著。
「現在的牠，可是找到了牠期待已久的對手呢！嘻嘻，牠會再次證明，牠土佐犬才是鬥犬中的王。」

□

同一時間，正在家裡的男人，聽到了門外的爬搔聲。

他從廚房中走出來，把手上的水珠往褲子上一抹，問道：「誰啊？誰不會按電鈴，學狗用爪子在扒門啊？」

當男人走到了客廳，他緊皺的眉頭頓時舒展開，笑了。

落地窗外頭的，是一隻威武的黑色長毛大狗，胸口上，是一抹如月的白色印記。

「啊，月，是你啊？難怪不會按電鈴。」男人邊說邊拉開落地窗。「怎麼你一個回來？雪呢？」

這狗沒有回答，只是慢慢的穿過落地窗，小心翼翼的踩著光潔亮麗的地板。

對牠來說，這種嶄新地板的觸感，令牠陌生而緊張。

「雪是不是忘了什麼，特地派你回來拿？算了，反正問你，你也不會回答。」男人問了一聲，聳肩，走到客廳的另一頭，拿起電話就要撥電話。「我自己問雪好了。」

這狗的藍色大眼珠，瞪著這男人拿起話筒的動作，牠隱約了解，這是人類和其他人溝通的方法，只要對這奇怪的機器說話，遠處的人就能聽見。

聽見？

牠的表情，瞬間閃過一絲陰戾之氣。

如果這男人打了這通電話，那不就表示……

人類會像是公園屠狗一樣，再度聚集到這裡來嗎？

牠動了動鼻子，毫不遲疑的展開牠此行的目的。

那東西一定在這裡，那個牠兄弟以生命發誓要守護的東西，一定在這裡，而且瀰漫著兄弟的氣味。

男人背對著狗，撥了十個鍵，然後，話筒傳來等待接通的長音。

「雪，到底為什麼要派月先回來呢？我看八成忘記拿錢包了。」男人悠閒的吹著口哨，等著電話被接通的那一刻。

這隻狗，牠神情越來越猙獰，在屋子裡面梭巡起來，一定有的！牠兄弟一定要保護什麼！一定……

然後，牠的腳步瞬間停住了，因為牠終於看見了牠的目標。

脆弱、白嫩，肥肥的四肢，散發著一股連牠都會心動的氣息。

這看起來可口的玩意兒，就是人類還小的時候嗎？

「……喂！」就在這時候，男人的電話通了。

話筒那頭，傳來的卻是一個女子慌張的哭聲。

「喂！雪嗎？」男人對著話筒說著，「妳……什麼？你們遇到了一隻大狗？不，妳不要激動，雪，不要激動，慢慢說……」

那隻狗的頭，跨過嬰兒床沿，看著底下正在緩緩舞動雙手的小人類。

嬰兒閉著眼睛，沉睡著。

宛如天使，安詳而美麗。

那隻狗不禁呆了，原來人類在小時候，是如此美麗的東西，難怪，牠兄弟會願意用生命守護。

男人仍在客廳的另一頭，對電話嚷著，「什麼？那隻狗很兇，月已經和牠打起來了？對方還咬斷了月的腿？等等等……什麼月……」

那隻狗的頭，慢慢伸入了嬰兒床之中，小心翼翼的刁起了嬰兒，牠的動作輕盈，就像是母狼刁著小狼，看似銳利的牙齒，卻完全不損傷嬰兒稚嫩的皮膚。

「雪！」男人的聲音突然升高。「妳剛剛說什麼？什麼月被對方咬住了腿？妳搞錯了吧，月……月不是在這裡嗎？」

月，不是在這裡嗎？

電話兩頭，同時沉默起來。

男人深吸了一口氣，「除非……」

除非……

男人慢慢的回頭，看著自己的背後。

剛才，那隻狗走進來的地方。

這一剎那，男人感覺到自己的背脊一陣發麻，涼颼颼的全是冷汗。

因為，不見了。

那隻該死的狗，還有自己的小女兒，全部都不見了。

□

一台雙載的摩托車，正急駛在台中的馬路上。

他們剛吃完晚餐，正準備各自回家。

「阿山！」小七坐在阿山的摩托車上，忽然對前方阿山的耳邊喊道。「阿山，你聽得到嗎？！」

「我聽得到。」阿山雙手正抓著摩托車的車頭，迎著獵獵的風。「幹嘛？」

「我們去那裡好不好？」小七大喊著。

「啊？」

「我們去那裡好不好？去那個雪阿姨的家。」強勁的夜風中，小七喊。

「咦？為什麼？」阿山側著頭，嚷著。

「我覺得好不安。」

「不安？為什麼？」

「我不知道，我覺得好像快出事了。」小七皺著眉頭，雙手擰著阿山背上的衣服，「關於月，關於狗王，還有關於雪阿姨，我都覺得好像快出事了。」

「嗯……」

「好嗎？」小七央求，「我知道你跑了一天很累，但是可以陪我去看看嗎？」

這一秒，阿山並沒有回答，他只是右手用力，車子猛然煞車，然後在車體失去平衡之前，急速右轉，摩托車的後輪在地上拖出一條完美的黑紋之後……

車頭，已經轉向了。

正好，轉向雪家的方向。

「不安嗎？」阿山微笑，「那請坐穩了，台中市超級一匹狼，就要開始狂奔了。」

□

台中公園附近，暗巷。

月和土佐犬在冰冷的夜色下，展開了一場猛烈的對決。

兩隻猛犬的第一次交鋒，都選擇了正面的體型碰撞。

撞擊，是巨型犬與生俱來的武器，骨架和肌肉組合出來的鋼鐵身體，可以碾碎任何的敵人。

只是，無論是土佐或是月卻沒想到，在這人類的城市裡，會遇到跟自己同樣級數的巨型犬。

砰！一聲低沉的硬肉相撞聲音。

兩隻狗同時承受龐大衝力而狼狽後退。

而且，一撞之後，月足足退了兩步，而土佐犬卻只退了一步，而且，土佐犬的恢復力更優於月，土佐犬在短短的停頓之後，前爪扒地，又發動第二波攻勢。

「吼！」月發出不屈的怒吼，四足站定，重心放低，迎向土佐第二波猛烈的衝撞。

砰！一聲悶響震動心魄。

這次，月擋得更加倉促，四爪在地上抓出十公分的長痕，才硬是停住自己的退勢。

而土佐犬則沒有絲毫退後跡象，這波撞擊只讓牠，微微晃動一下身體。

「糟糕！」雪的尖叫剛起，土佐犬棕色矯健身體，就已經撲出，如同平地暴起旱雷，展開第三波攻勢。

這道旱雷，瞬間橫過天空，直劈向被逼到角落的月。

「武士刀。」雪聽到自己的腦海中，莫名響起這三個字。「這隻狗，給人的感覺，好像一把武士刀啊！」

一把威武而雄壯的武士刀。

不過，就在土佐的第三下撞擊要來臨之前，月卻張開了嘴巴。

嘴巴中，兩排平整而銳利的白色冷光，頓時壓住了土佐的氣勢。

那是，牙齒。

這兩排尖銳雪白的牙齒，是藏獒世界榮登猛犬之林的保證，更是鏖戰群狼和黑熊的武器。

「好！月！這樣就對了！」雪忍不住握拳，高聲加油。「逆轉牠！咬牠！」

只是……

另一頭的暗巷中，薛博士見到月露出猛犬利齒，卻是不驚反笑。「東方神犬啊，你以為，咬是你的專利嗎？你該見識一下，土佐犬在英國被禁養的原因啊！」

土佐犬，可是因為咬的力量，而被英國禁養的戰犬呢！

只是，就算兩邊的主人喊得再大聲，這兩隻狗完全聽而不聞。

因為，當牠們同時掏出了自己最自信的武器，這場戰鬥，就已經宣告進入了最後一擊必殺的生死關頭了。

而當你站在生死立判的舞台上，唯一能讓你思考的事情，只有一件事。

那就是勝利。

勝利，就是避過對方的狠招，然後在零點一秒的縫隙中，給對方最狠厲的反擊。

這一反擊，就是要讓對方，永遠永遠也無法再站起來。

兩張足以咬碎人類手臂的巨嘴，在空中張開，朝著對方咬了下去，卻在分毫之間，交錯而過，土佐沒能咬中月，月也沒能咬中土佐。

可是，只是短短的交錯，雙方卻同時感到一陣寒冷。

這是與死神擦身而過的恐怖直覺。

「不能，絕對不能讓對方咬中，只要一咬中，這場戰鬥就結束了。」

只是，土佐犬畢竟是身經百戰的鬥犬，早已習慣在生死線邊緣徘徊，牠做出反應，以前腳為圓心，脖子轉了半圈，再度對月發動攻勢。

月反應更快，牠先伏下，低頭避過這次的咬擊，更趁機把頭往上一頂。以頭頂撞上了土佐的下顎。

土佐發出低哼後退，月一躍而起，張開銳利的牙齒，撲向了土佐。

眼看，月的牙齒，就要咬中土佐的狗臉。

「贏了！」雪張開雙手，興奮的尖叫。

可是，就在月要獲勝之際，土佐犬，這隻擁有無數戰鬥經驗的怪物，卻展現了一種月從未見識過的技巧。

牠的身體急速轉了一圈。

土佐這急速的迴轉，乍看之下，就像是追著自己尾巴汪汪叫的笨狗，可是，卻意外展現驚人效果。

土佐犬，驚險的閃過了月的猛撲，這下子，月和土佐的位置互調，換成月的後半身暴露在土佐的牙齒下了。

「咬！」薛博士興奮的尖叫。「咬下去！」

「不要！」雪則是用雙手摀住了眼睛。

咬。

這剎那，月知道自己的後腳已經無法逃避被咬中的命運。可是，牠並不擔心。

像後腿這部位，向來就是野獸最強壯的地方，就算被子彈射中，也只是毫不起眼的輕傷而已。

只是，月的放鬆，卻只維持了短短的三秒。

因為，牠忽然感覺到後腿如火燒般疼了起來。

而且，疼痛的程度竟然還在升高……升高……隨著痛覺的位置，從外皮到肌肉，肌肉到筋路，最後，牠還聽到了一聲不可思議的脆響。

卡崩！

這是，骨頭被咬裂的聲音！？

怎麼可能？這隻土佐的牙齒，不，是這隻土佐的下顎究竟是怎麼回事？竟然可以咬穿自己鋼鐵的肌肉，甚至咬崩堅硬如鐵的骨骼？

「這究竟是怎麼回事？」月滿臉驚恐，一回頭看，卻看見那咬著自己後腿的土佐犬，眼睛佈滿血絲，透露出令人驚懼的得意與殺意。

接著，一股觸目驚心的血泉，從月後腿的咬痕處，激湧而出。

後腿和血液，一個是野獸移動的根本，一個是活動的生命力，土佐的這一咬，同時奪走了月的這兩項武器。

而且，隨著血液的急速流失，月只覺得一陣暈眩，身體癱軟，無力的躺了下來。

而就在這暈眩的時刻，月忽然憶起，像強烈的無力感，對牠的一生中，其實也不過兩次而已。

第一次，是月和兄弟一起被綁入布袋中，經過千里的顛簸，那段害怕和恐懼，幸好，那時牠有一個誓死不離的兄弟。

第二次，是月和兄弟在山區裡面，和山犬混戰長達數月的時間，爭奪微薄的食物，那時，月忽然困惑了，這樣的生活，真的是牠想要的嗎？

牠的血液裡面，彷彿有一個聲音正在呼喚牠，引牠下山，去尋找牠的誕生的意義。
於是，月在雨中流浪半個月後，牠來到一個陌生的建築物前，牠累了，累得只能癱在地上，心中那股強烈的無力感，讓牠再也無法動彈。
可是，就在這時候，牠卻聞到了一個味道。
那是揉合了排骨湯和女人溫暖氣味的溼暖空氣，也就是這一剎那，月忽然明白了，牠血液裡面，那個不斷呼喚牠的聲音是什麼了……
為了守護。
守護那脆弱而善良的人類。
月知道，這世界上，原來還有比原始本能「生存」，更珍貴的東西。
想到這裡，月的藍色眼珠移動，牠看了看正站在遠處的雪。
雪，正擔心的看著月，而她的臉上，是晶瑩的淚珠。
淚珠?月想起了，那天下午，那個牠精疲力竭的大雨下午，是這女人帶著一碗湯，還有一個美麗的笑容，來溫暖月冷卻的心，所以，怎麼可以讓她哭呢?
怎麼可以……讓她哭呢?
怎麼可以呢?
「絕對不會，」然後，月感覺到，自己的身體慢慢抬高起來。「我絕對不會讓妳流淚。」

微弱卻堅定的力量灌入僅存的三條腿，讓月從地上緩緩的站了起來。

同一時間，也震懾了自以為獲勝的土佐犬。

「你這狗，竟然還有力氣？！」

更讓土佐犬吃驚的還在後頭，當月身體撐起，牠倏然回頭，朝著土佐犬回咬過來。

不可能！土佐犬沒有移動身體的打算，因為牠知道，任何生物都有其身體與肌肉的極限，月不可能把身體拗成兩半，所以牠不可能咬中土佐犬。

可是，土佐犬的眼睛，卻越睜越大，越睜越大……

而牠眼裡映出來的那張嘴巴，也隨之越來越大，越來越大……

月的嘴巴，竟然真的咬了過來。

為什麼？月能夠承受折斷身體的極限痛苦，只為了咬中敵人？！

是因為生存嗎？野獸的直覺嗎？還是……還有什麼土佐犬不懂的原因？

土佐犬驚愕之際，唯一能做的事情，就是鬆開口，揚起頭，以自己的嘴巴，去阻止月以生命為賭注的一咬。

然後，整場激烈而血腥的決戰，就這樣結束了。

兩隻猛狗的戰鬥，就這樣在剎那間分出了勝負。

土佐犬砰然倒下，喉頭的下方，是一片鮮血湖泊。

□

夜晚的台中小巷裡頭，一聲帶著死亡氣味的狗嚎，瞬間揚起，又瞬間落下。

戰鬥，剛剛結束。

躺在地上的，是土佐犬，牠的眼睛到最後都沒有閉上，因為牠一直到死前都無法理解。

為什麼，眼前這隻擁有東方血統的月，能夠做出這樣的反擊？

為什麼能在失血過多的情況下，依然發出這麼兇猛的咬擊？

為什麼能夠讓身體拗成兩半，忍受脊椎折斷的痛苦？

為什麼？

這不該是野獸的行為，野獸不就是為了生存嗎？野獸不就是為了戰鬥嗎？怎麼可能做出犧牲的行為？月為什麼能做到這些事？

不懂。

牠不懂。

是不是……月擁有了什麼，牠從未擁有過的東西？

莫名其妙的，土佐犬想起了薛博士。

月所擁有的，難道就是人類的愛嗎？

那自己有嗎？在無數次嚴格的訓練，無數次和敵狗爭鬥的過程中，土佐犬發現自己早就忘記為何而戰。

直到有天，牠忽然發現自己在意的，不再是咬斷敵人喉嚨的快感，更不是戰勝之後那頓豐富的生牛肉大餐，而是……薛博士。

土佐犬睜著眼睛，呼吸越來越急促，直到牠見到了牠面前的一雙擦得晶亮的皮鞋。

這一雙牠熟悉不過的皮鞋，來自一個給牠豐富食物，和嚴苛訓練的人，薛博士。

「竟然輸了。」薛博士的眼神中，透露著憤怒和鄙夷。「還敗給同樣的狗兩次？真可恥！」

土佐看著薛博士的眼神，身體不自然的抽動了兩下，宛如死前的迴光返照。

土佐犬不明白，為什麼薛博士鄙夷的眼神，竟然讓牠這麼痛。

「沒用。」薛博士呸了一聲，然後轉身。「猛犬品種這麼多，土佐犬太沒用了，下次換一種好了，聽說阿根廷杜高還不錯，醜是醜了點，但是可以鬥牛。」

土佐犬看著薛博士的皮鞋，轉了一個方向，象徵著博士就要離去。

忽然，土佐不知道哪來的力氣，嘴巴張開，朝著皮鞋的方向，頭甩了過去。

「啊！我的腳！我的腳！」薛博士尖叫了一聲，低下頭，發現自己的腳竟然不知道何時，被這隻土佐犬給咬住了。

而一絲絲紅色的血，就這樣沿著博士的腳踝，慢慢滲了出來。

——該死，我的腳筋，被這隻狗咬傷了!?

博士大驚，舉起手杖就是一陣亂打，卻怎麼樣也打不開土佐犬的嘴巴，打著打著，博士忽然發現，土佐犬的眼角溼潤，瞳孔卻早已放大，失去了焦距。

牠……死了?

博士一屁股坐在地上，看著自己深陷在土佐犬嘴裡的右腳，腳筋被咬傷的麻感，取代了痛覺，沿著腳踝慢慢升起。

忽然，博士感覺到一陣茫然。

為什麼，這隻土佐會在死前忽然攻擊自己?是瘋了?還是誤認自己是敵人?

還有，土佐犬死去的眼角溼潤的水光，究竟是為了什麼?

他這一輩子養狗鬥狗，最後卻被自己所養的狗給傷，這又代表了什麼?

他抬起頭，看著前方，雪正抱著重傷的月，雪不斷哭著，而月卻像是一個堅強的受傷戰士，只是伸出舌頭，舔著雪的眼淚。

這一刻，博士真的茫然了。

狗對於人，人之於狗，究竟是個什麼樣的關係呢?

自己這一輩子，究竟做了什麼?做了什麼啊?

chapter 17

呼喚

台中公園，此刻，在一片月光下，傳出了一聲悠長的狗啼。

狗啼的聲音，穿過廣大的公園，穿過茂密的森林樹葉，穿過擾攘的台中夜市，穿過正準備熄燈的台中人家，穿過正在等待紅綠燈的機車騎士，終於，聲音抵達了暗巷。

月身軀猛然一震。

「怎麼?」正抱著月的雪，感受到月身軀的異樣。「你流太多血，先不要動，我馬上就打電話給醫生。」

月看著雪，又仰起頭，看著此刻的星光無垠的夜空。

剛才的狗啼，是牠的兄弟?

月吸了一口氣，直到喉頭鼓起，然後牠震動自己的咽喉，回應了一聲狗啼。

這聲狗啼同樣悠長，再度穿過遙遠的台中街道，穿過了那台機車騎士，來到了公園。

前方的機車騎士停下車，脫下了安全帽，回頭看著後座女孩。

「小七，妳聽到了嗎?」阿山眼睛中，充滿驚訝。

「我聽到了，阿山。」小七抿著嘴，嚴肅點頭。

「兩隻狗正互相在對談，沒錯吧？」阿山困惑，「雖然聽起來像是大家討厭的吹狗螺，但是這兩隻狗的聲音悠長，顯然不是那麼單純。」

「沒錯……」小七正要說話，遠方，來自公園方向，又傳來了一聲狗啼。

狗啼比剛才更加短促，少了份從容，卻多了一份威脅和兇狠。

「公園那方向有隻狗，回應了……」小七喃喃自語。

接著，另外一頭，另外一隻狗又再度發出了狗啼，這狗啼聲較長，也較低，彷彿在懇求，抑或冷靜的談判。

「真的是兩隻狗在對談欸。」阿山嘴巴微張，「狗會遠距離對談？妳覺得這種事情可能發生嗎？」

「我記得沒有。」阿七猛搖頭，「我沒見過狗會透過狗啼來溝通，更何況是這麼長的距離，我記憶中，只有一種動物做得到……」

「哪一種？」

「荒野戰士。」小七眼睛瞇起，背上一片麻慄，「狼。」

「狼？」

「狼嚎是牠們彼此傳遞訊息的重要方式，主要是因為狼嚎的頻率較低，能量較強，所以在一望無際的荒野中能傳送很遠的距離，通常，狼王就是藉嚎叫召集狼群，所以才會有月下狼嚎的畫面被旅人給描繪下來。」

「啊，換句話說，這兩隻狗正在模仿狼的溝通方式？」

「也許不是模仿。」小七深思著，此刻的她不像是剛剛還跟阿山撒嬌的小女孩，一談起狗，她專注而認真，有如一名博學的學者。

「犬原本就是狼蛻變而來，據說，第一隻狗就是被原始人類所豢養的狼，仁慈的人類母親們帶回孤單無母的小狼，將牠養大，人類的善心壓抑住嗜血的狼性，留下了狼族的忠誠與團結精神。從此之後，那些小狼繁衍，數百年後，才出現了狗。」

「原來是這樣……」

「而我們所聽到的狗啼，極可能是這兩隻特殊的狗，牠們的血統沒有被太多人類飼養所污染過，所以牠們依照本能記得這樣的溝通方法。」

「嗯，如果這兩隻狗這麼特殊，難道就是……」阿山看小七，眼神疑惑。

「沒錯，我也是這樣想的。」小七用力深呼吸，「這兩隻狗，一隻如果是月，另外一隻，肯定是狗王了。」

沒錯，正是月和狗王，兩隻來自古老中國西方高山的猛犬，正展現令人驚豔的狼群血統，彼此溝通著。

只是，溝通的聲音卻逐漸嚴峻起來。

公園那頭的狗啼，越來越短，越來越快，顯然佔盡上風。

而暗巷方向的狗啼，卻越來越長，居於下風。

但，就在小七和阿山對話的同時，忽然，狗啼聲變了。

「咦？狗的聲音不太對勁。」小七困惑的說。

「怎麼不太對勁……」

「移動了。」

「啊？」

「聲音開始移動了。」小七小手緊抓著阿山的衣袖，「兩個聲音開始靠攏了。」

「那，」阿山把安全帽拿給了小七。「我們還等什麼？」

小七溫柔微笑，一甩馬尾，把安全帽戴上，「是啊，我們還等什麼，走吧。」

「走吧！讓我們把這個故事，給劃下句點吧。」

把這故事給劃下句點吧。

□

公園。

當阿山和小七循著聲音，一起走入了公園。

他們毫不費力的，就找到了正蹲踞在三號森林外頭的那隻黑色怪物。

狗王。

牠頭抬得極高，倨傲的程度，就如同一位國王，只是牠統治的是由流浪犬所組成的王國。

不過，吸引阿山和小七目光的，卻不是狗王本身，而是正在牠腳邊，正發出伊伊嗚嗚笑聲的小嬰兒。

小嬰兒似乎一點都不怕狗王，抓著狗王的長毛，自顧自的玩著。

「狗王為什麼會有嬰兒？」阿山困惑的看著這幅怪異的畫面，「而且這狗王的胸口上，有一撮白毛欸，難道牠是月？」

「啊？妳看得出來？」

「不，牠不是月！」小七認真的搖頭，「那胸口月亮的形狀不像。」

「當然，根本就不像啊，而且牠和月長得也不太一樣。」小七說，「尤其是眼睛，月的眼睛很溫柔喔，而狗王……比較殘酷冷漠。」

「太、太扯了吧。」阿山抓著頭，「妳連狗的眼神都會看？」

「曾經用真心養過狗的人，都會看好不好。」小七嘟嘴，「我相信雪阿姨一定也看得出來。」

「好啦好啦，不是不相信妳啦，不過，如果牠真是狗王……」阿山聲音放低。「那就很令人擔心了。」

「擔心……？啊！」小七忽然明白。「你說那嬰兒……」

「是的，那狗王抓到的這個嬰兒，豈不是危在旦夕？」阿山右手握住了繫在腰際的手槍，仔細的盯著狗王的一舉一動。

只是阿山有些困惑，這隻狗王拿著這嬰兒的目的是什麼？如果牠真把嬰兒當成食物，應該早就當晚餐吃掉了吧。

但，為什麼牠不動手？牠將嬰兒放在腳邊，如同一項戰利品般展示著。是表示什麼？是表示……

阿山的問題還沒想通，忽然，他口袋的一陣震動傳來。是手機。

「喂。」阿山接起電話，眼神仍不離狗王。「是，我是，朝老大嗎？嗯，有人報案，啊，嬰兒被咬走。」

「我知道那嬰兒的下落！」阿山說，「我知道，我這邊有一個嬰兒，應該就是那個嬰兒。請你們派遣支援。」

阿山說：「我知道，朝老大，我不會輕舉妄動，等你們來。」

等到阿山放下電話，他深吸了一口氣。

「我懂了，我完全懂了。」

因為這通電話來得巧，完全解開了他心中所有的迷惑，為什麼狗王會千方百計的擄來一個嬰兒，卻又不急著殺她？

「你懂了什麼？」小七的大眼睛，看著阿山。

「我懂，為什麼狗王要抓這個小孩了。」

「啊？為什麼？」

「因為，這個嬰兒，」阿山吞了一口口水，「是雪阿姨的小孩。」

「啊！雪阿姨的小Baby！？」小七一愣，抓住阿山的衣服。

「沒錯，所以……」阿山慢慢的抽出了手槍，眼神凌厲，瞪著眼前的狗王，「這嬰兒是……是狗王要把月引來公園的，人質！」

□

在一聲又一聲狗王的啼聲中。

月的身影，終於在夜色中出現了。

只是當牠出現的時候，卻讓現場所有的人都驚愕了。

阿山差點握不住槍把，而小七則是用雙手摀住了嘴巴，眼眶瞬間盈滿淚水。月，早已經生命垂危。

牠右腳不斷淌血，沾溼了長毛，更在地上拖出一條觸目驚心的血痕，牠受的傷，好重好重啊。

「月……是誰把你傷成這樣的？」小七幾乎要衝過去抱住月，直到她看見了月身後那個人影，那是一名美麗的少婦。

「雪……雪阿姨？」小七看著雪，聲音欲泣。「月、月究竟是怎麼了？」

「牠……受了重傷。」雪的眼角，也盡是淚水。

「為什麼不叫獸醫？為什麼還讓牠走這麼長的路？為什麼……」

「我知道，那些事我都知道，可是……」雪看著小七，眼淚又湧了出來，「可是，這是月堅持的。」

這是月堅持的。

「啊……」小七看了看雪，又看了看不斷朝著狗王，以緩慢速度邁進的月。

牠不顧自己的生命，帶著這麼重的傷，走這麼長的路，究竟是堅持什麼？

「牠堅持，要自己走這段路。」阿山的聲音，從小七身後的黑暗中，傳了過來。「牠堅持，要把小孩子帶回來，因為牠知道，警察也許可以殺了狗王，卻救不了小孩子，這是牠的堅持，一個真正守護家犬的堅持。」

看著月，小七眼睛莫名的模糊起來。

月步履雖然蹣跚，身體搖晃，但牠卻依然把頭抬得很高很高。

因為，月知道，牠正在貫徹自己的信念。

「汪。」狗王見到傷重的月，用力吠了一聲。

月沒有回答，還繼續往狗王靠近，而牠的右腳仍在滴血。

「汪！」狗王用力吠了一聲，試圖阻止月的靠近。

月還是沒有回答，昂著頭，繼續往前進，血在草地上流成一條筆直的紅線。

狗王試圖要阻止瘋狂的月。

——你再繼續走，你會死的，你瘋了嗎？！你想自殺嗎？

直到，月終於拖著重傷的身體，來到了狗王的面前。

牠安靜的停下腳步，看著狗王。

重傷的牠，清楚自己已經沒有任何和狗王相抗衡的力量，可是牠依然選擇來到狗王的面前。

然後，月慢慢的低下頭，露出動物們最薄弱的後頸，在狗王的牙齒下。

「我已依約前來，」月沒有任何吠叫的動作，卻強烈的透露出如此訊息。「請放了孩子吧。」

「吼嗚……」狗王頓了頓，統領千萬狗群的牠，面對月這隻曾和牠享有共同一個襁褓，這世界上唯一一隻足以和自己抗衡的猛犬，這一秒，竟然讓牠失去了判斷的能力。

月安靜的垂下頭。

空氣，靜默。

直到，狗王做出了動作。

牠沒有立刻攻擊月，牠反而低下頭，用鼻子頂了頂地上正在揮舞肥滋滋雙手的嬰兒。

「汪。」月發出像是道謝的低鳴，把嬰兒叼起，轉身，送到已經望眼欲穿的雪手上。

雪用雙手緊緊抓住了嬰兒的身體，這一剎那，懷胎十月，還有生產時候命懸一線的記憶，湧入了雪的腦海中，讓她再也不敢對嬰兒放手。

只是這女嬰不知道是天生大膽，還是特別愛狗，絲毫不知道自己剛才經歷了一場驚險的生死風浪，摸著雪的臉，咯咯的笑著。

然後，當月看著雪抱起嬰兒，月發出一聲滿足的低吟後，牠又轉身，面向狗王。

而且牠的步伐動起，竟然再度朝狗王走去。

「啊，月，你不要過去。」小七剛從雪阿姨拿回嬰兒的喜悅中驚醒，「你瘋了嗎？你幹嘛又走向狗王？你……」

「小七。」阿山抓住了小七的手臂，阻止她的哭泣。「讓月去吧。」

「為什麼？為什麼？為什麼為什麼我不懂。」

「這是月和狗王的承諾，狗王相信月，所以願意把嬰兒毫髮無傷的還給月，而月必須完成自己的承諾，就是死在狗王的面前。」阿山嘆氣。「其實狗王也是了不起的狗，月傷得這麼重，狗王大可一口咬死月，根本不用把孩子還給月。」

月走著，彷彿這世界的外頭是一片純然的寧靜，彷彿自己正走在一片無聲落雪的白色大地。

大地的盡頭，一隻小黑狗正回頭看著，看自己的兄弟。兩隻狗，發出貪玩的笑聲。

兄弟，你記得嗎？我們還小的時候，總是在雪地這樣玩著，你總是勇敢的跑在我的前方，而我總是搖著尾巴追逐著你的腳印。

月安靜的走到了狗王面前。

牠深深注視著狗王的眼睛，而狗王也注視著月。

兄弟，我總是記得你身上的氣味，在那片遙遠中國西方國度裡頭，我們一起探險，走入森林，跳入沼澤，一起挑戰山中老狼……我發現自己從未感到孤單過，那是因為有你。

月低下了頭，露出了自己的後頸。

狗王發出一聲溫柔而悲傷的喘息。

抱歉，兄弟，抱歉了。

月閉上了眼睛。

不，這是我的選擇，我知道自己必死，所以，如果可以，我寧可死在你的嘴下。

黑暗，寧靜，在所有人的凝神注視下，狗王的嘴，咻的一聲，快速而精準的，咬斷了月的頸動脈。

血慢慢滴下，月搖晃，幾乎要倒下，而狗王卻在這時候，往前踏了一步，用自己的肩膀，抵住即將倒下的月。

兩隻大狗，就這樣肩膀頂著肩膀，頭靠著頭，如同一對兄弟，正在臨別前的擁抱。

「再見，兄弟。」

「再見，兄弟。」

月的身體，慢慢的往下滑，牠的表情，祥和而溫柔，因為牠死在兄弟的懷抱裡，而牠的最後一個夢，是夢見自己又回到了遙遠的西藏山裡，雪地中，牠和兄弟正緊緊相依著取暖著。

月的死，讓現場陷入一片驚愕與哀傷的靜默，直到一個聲音，打破了這片死寂。

那是警棍被從腰際中抽出，霸氣十足的聲音。

是阿山，他慢慢的走到了狗王面前。

「狗王。」阿山表情尊重而堅毅。「我以鈴學姊的名字發誓，抱歉，今晚，你絕對無法活著離開這裡。」

□

狗王抬起頭，那雙眼睛，安詳而充滿王者之氣。

注視著阿山。

彷彿在說：

「來吧，我等你，很久了。」

chapter 18

尾聲

阿山與狗王的對決，在警界的歷史上，並沒有留下任何紀錄。

就像是鈴學姊為搶救小女孩而和群狗奮戰，最後丟掉了性命，卻能用與綁架犯槍戰來記錄。

不過，根據朝老大和其他警察後來趕到後，所見到的畫面。

這片深夜的公園中，最後站著的人，是阿山。

他滿身的血污，站在一隻大狗的屍體前面，這隻全身黑毛的大狗，唯一的致命傷，是震碎咽喉的重擊，堅硬的警棍以匪夷所思的角度，直擊上大狗的咽喉，脊椎瞬間脆裂，也終止了大狗的呼吸系統。

大狗死得乾淨俐落，一招斃命。

反觀阿山，全身都是凌亂的狗爪抓痕，若單看外傷，阿山還比較像是這場戰役的敗者。

「結束了嗎？」朝老大看著眼前這片凌亂，沉聲問道。

阿山沒有說話，只是點頭。

「很好。」朝老大用手拍了拍阿山的肩膀。「你幹得好。小鈴，一定會以你為榮的。」

「嗯。」阿山閉上眼睛，把警棍插在染過大量血液而溼潤的土地上，如同一炷長香。「鈴學姊，我已經替妳報仇了，願妳在天之靈，能找到爸爸，重享天倫之樂，學姊，謝謝妳。」

謝謝妳。

阿山跪下，身軀伏下，眼淚不斷落下，溼潤了染血的土壤……

阿山會哭，是因為他知道，從此之後，再也不會有一個人，總是帶著甜美的笑容拍他的肩膀，從此再也不會有一個人以老大姊的身分訓示他，再也不會有一個人讓阿山的眼光不斷追逐。

鈴學姊走了。

她為了自己最愛的這片土地而死，為了心中的正義而死，與她的父親一模一樣……

阿山沒有哭出任何聲音，只任憑眼淚不斷落下，落下，再落下，直到……

一雙溫暖的小手拍上了自己的肩膀……

「別難過了，阿山。」小手的主人，也是滿臉的淚痕，「我會陪著你的。」

「嗯。」阿山點頭，「謝謝妳，小七。」

舊的故事，也許已經過去，屬於阿山和小七兩人的新故事，卻才剛剛開始而已……

□

後來，警察翻遍了公園，卻沒有找到那些被狗攻擊後的受害者遺骨，恐怕是狗天生就擁有藏匿食物的特性，讓這些遺骸深藏在公園森林的深處，回到大自然之中，成為自然循環的一部分。

在朝老大親自率領下，確實肅清了公園內所有的流浪犬，讓這塊危險的地域，恢復平靜，並且，朝老大把自己的小孩名字取了一個鈴字，以懷念鈴學姊。

台中市市長追頒榮譽動章給鈴學姊，並宣佈推行保護動物法，以及打造一個流浪狗之家，這項政見成為他順利連任的關鍵，大概是因為台中人關心文化與環保，遠勝過政治的意識形態。

阿山則代替鈴學姊的位子，成為朝老大手下的一名重將，雖然他接的案子，還是不脫鬼，以及流浪漢，對了，最近還多了一項，就是流浪狗。

黑豬繼續在便利商店打工，收集他最愛的鬼故事，還在等待屬於他的「盜命」故事……

薛博士在土佐犬死後，悵然離開了台灣，可是三個月後，他卻又回到了台灣，但奇怪的是，這次他的名片換了，不再那麼落落長……只有一行字：「國際流浪犬保護協會，職位，掃地小弟。」

然後，雪的小女兒漸漸長大，她會說的第一個字是「媽」，第二個字，卻不是爸爸，而是……「月」。

她們家的男人氣得三天不和雪和小女兒說話。

而周伯伯原來沒死，他在三個月後，被一個名為萊恩的男人給帶到了警局，萊恩說：「這老人在新竹迷路了，他說是台中人……所以我就順路把他帶回來了。」

至於小七嘛……

她現在正在公園中散步，而她的手心，正被另外一個人深深的握住。

那個人，別懷疑，自然是故事的主角，阿山。

□

「小七，老實說，我一直認為，那天晚上我之所以可以打敗狗王，有很大的原因是……」阿山看著一片平靜的公園。

「是什麼？」

「是牠故意讓我的。」

「啊？」

「我很難形容那種戰鬥時候微妙的感覺，但是我相信，狗王在殺死自己兄弟月的時候，其實就已經萌生死意了。」阿山嘆氣。「那一下警棍的逆轉，我真的感覺到狗王動作的停頓，彷彿……彷彿就在等我的棍子穿透牠的咽喉。」

「嗯。」小七看著阿山，體貼的握了握阿山的手。

「也許，我們人類自以為懂狗，其實是什麼都不知道……咦？妳沒有聽到什麼聲音？」

「聲音？」小七一呆，側頭傾聽。「啊，有，好像有狗在低吠。」

「不會吧，公園又有狗群聚集了嗎？」阿山表情緊張，右拳緊握，往狗吠的聲音走去。

「我想應該不是吧。」小七和阿山兩人停在一大片草叢前面。

阿山撥開草叢，赫然見到一隻灰色大狗，正帶著兩隻小黑狗，自顧自的嬉戲著。

「啊，這狗媽媽是威瑪犬。」小七眼睛銳利。「有灰色幽靈之稱的特級大型獵犬，啊，牠的兩隻小孩好可愛，黑黑的，長毛，眼睛藍色的好漂亮，咦？」

「怎麼了？」小七沉吟，「這兩隻小狗不太像媽媽，反而像……獒犬欸。」

長毛，黑色，藍色的眼珠，像獒犬？

這剎那，阿山的心臟一跳。「啊！」

「怎麼了？」小七問。

「啊，對不起，我只是突然想到一件事。」阿山看著眼前這三隻狗，母狗威瑪犬，正帶著兩隻搖搖晃晃的小黑狗，往公園的另一頭跑去。

「什麼事？幹嘛這麼緊張啊？」小七皺眉。

「我們怎麼沒有想到……」阿山看著那三隻狗的背影，逐漸消失在公園的遠方，「牠們也許有後代啊！」

「咦？後代？」小七一愣。「你是說……」

「牠們，」阿山的聲音中，與其說是害怕，還不如說是幾分驚奇幾分喜悅。「當然是指月和狗王啊！」

「月、狗王，牠們有後代！？」小七剎那間懂了，看向威瑪犬離開的方向，臉上的表情慢慢變了。

變得柔和而溫暖。

「嘻嘻，這個月和狗王的傳說，不會結束啊。」小七和阿山一同站在夜的公園裡，說出了這句話。

只要，人類一天不學會尊重生命，不停止丟棄流浪狗，月和狗王的傳說，就會一直下去。

一直，下去。

一直……

The End

國家圖書館出版品預行編目資料

夜犬／ Div著. -- 初版. -- 臺北市：
春天出版國際, 2007. 09
面；　公分. --（Div作品集；02）
ISBN 978-986-6899-83-6（平裝）
857.83　　96017075

Div作品　02

夜犬

作　　者◎Div
企劃主編◎莊宜勳
封面繪圖◎Blaze
封面設計◎克里斯
內頁編排◎陳偉哲

發 行 人◎蘇彥誠
出 版 者◎春天出版國際文化有限公司
地　　址◎台北市忠孝東路四段303號4樓之1
電　　話◎02-2721-9302
傳　　真◎02-2721-9674
E-mail◎frank.spring@msa.hinet.net
網　　址◎www.bookspring.com.tw
郵政帳號◎19705538
戶　　名◎春天出版國際文化有限公司
法律顧問◎蕭顯忠律師事務所
出版日期◎二○○七年十月初版一刷
　　　　　二○一一年六月初版18刷
定　　價◎220元

總 經 銷◎楨德圖書事業有限公司
地　　址◎台北縣新店市復興路45號3樓
電　　話◎02-2219-2839
傳　　真◎02-8667-2510
印 刷 所◎鴻霖印刷傳媒股份有限公司

ISBN 978-986-6899-83-6
Printed in Taiwan